乘風 躍浪

◎定錨下一個海洋世代

Riding the Wind and Waves

目錄 CONTENTS

海大
NTOU
國立臺灣海洋大學
www.ntou.edu.tw

CH2

為理想 多走一哩路

CH3
給下一代 生生不息的海洋

CH4
打開 下一個未來

附錄

復興臺灣海洋文化 刻不容緩

中央研究院院士 曾志朗

「等了二十幾年，終於等到你了！」

感謝海洋大學把即將出版的《乘風躍浪：定錨下一個海洋世代》書稿寄給我，讓我先睹為快，再讀心悅，靜思片刻後，在腦海裡快速盤點海洋大學近年來與海相關的各項教、學、研、產等成就時，我忍不住開懷大笑，情不自禁喊出了這麼一句話。

為什麼這麼說呢？

回想當年，我在臺灣第一次政黨輪替的混亂中，接下主管全國教育大業的重責，面對教育改革的聲聲浪潮，又馬上要處理九二一地震之後災區校園重建的各項緊急事務，雖然每天實務工作繁重，但我靜下心來思考臺灣教育的藍圖，推出了「閱讀、生命、資訊、創造力」四個政策支柱，同時，基於臺灣在接受全球化高科技的洗禮時，也必須重視「全球思考，本土行動」的基本精神，因而將「海洋文化」納入教育的內涵裡。因為生長在四面環海孤島上的臺灣孩子，應該是擁抱蔚藍色的「海洋之子」，從小就對海洋生態、海洋資源以及海洋生命和生活的多樣性，遠比陸地國家的孩子更能感同身受。但我們的教育向來沒有體現出臺灣的海洋文化內涵，甚至經常以危險為由，讓他們隔絕於海洋之外。

事實上，多年來的認知科學研究告訴我們，要培養孩子們有接地氣的人格素養和靈魂，要讓他們體認歷史文化的根。從演化的觀點來說，臺灣身為海洋國家的一員，是個移民社會，應該是充滿冒險犯難、不畏艱險、擁有容納百川的知覺能力，具備能夠接納和理解不同文化與歷史經驗的海洋精神。不只是一元、靜態、被動參與、專精標準答案的陸地思維，而是能融入多元、動態、主動參與、探索新知的海洋思維和魂魄。因此，我把海洋文化教育納入九年一貫的國民教育政策，希望讓臺灣的學生從小就孕育在海洋文化的精神中。

那高教呢？我心目中最能代表臺灣海洋文化特色的大學，不是臺、成、清、交、陽明等綜合型態的大學，而是在教學研產都以海的資源為核心的海洋大學。但二十幾年前位於基隆的海洋大學，在臺灣學界的眼中，並不在主流的排行榜上。慶幸的是這二十年來，歷任校長帶領著全校師生勵精圖治，終於打造出一所揚帆國際，從智慧養殖、波能發電、海底造林，到九孔王國變身、巨型風機顯能、藻類治病減碳、海嘯預測等海洋相關的研究，都做出國際水準的成績，實在令人刮目相看，不得不讓人對這群協力同行將海大推向世界舞臺的「海大人」豎起拇指，稱讚又稱讚！

這本書稿，我又從頭讀了一遍。關掉電腦螢幕的亮光，腦海裡浮出的臺灣島影像，卻是一片光明！

航向光明 創造璀璨

福茂集團創辦人暨榮譽董事長 趙錫成

國立臺灣海洋大學對臺灣航運發展、海事工程研究，及海洋人才培育貢獻卓著，懷抱著相同願景與摯愛，余亦深感榮幸能為全球海洋保育與事業發展貢獻心力。

余畢生投身海洋志業，從十九歲考取交通大學航海科，修業完成後登上全球商船，歷任二副、大副，並成為最年輕的狀元船長，爾後成立福茂航運，繼而隨著全球經濟與永續發展趨勢，開拓出全球最環保的商務船隊，總載重超過五百萬噸，平均船齡保持在五年左右，至今七十七載，歷經過許多精彩令余感念不已。

猶記余時任商船大副，曾遇海大畢業學子登船當值學習，學子們勤奮好學、禮貌守矩之優秀表現令人印象深刻，余創業後，亦有多位海大學子任職福茂集團，助余襄理船務與造船，福茂海大三傑：李春煌（一九六七年輪機科）、李明清（一九六八年航管系）、李志宏（一九七〇年造船系），更為余馳騁商海不可或缺的左膀右臂。

余與海大蘊有深厚之情，二〇一五年時任海大校長張清風先生親至美國紐約與余會晤，令余高度推崇海大之於專業研究與人才培育之宏大願景，二〇一六年，余與家女趙小蘭承蒙海大同時頒授榮譽博士學位，成為了海大校友；二〇一九年，余亦於母校海大，獲頒第七屆海洋貢獻獎，實倍感光榮。

教育是百年大業，余深感個人成功除了來自努力，教育亦是關鍵因素，未來余將與海大展開更多合作，以培育更多優秀人才，福茂亦將善盡企業社會責任，持續支持海大學子赴美進修，並予以實習機會，更歡迎海大學子加入福茂，共創海洋之美好未來。

今盛逢海大成立七十年之際，余一路見證海大透過全體師生在校長許泰文博士的卓越領導下同心協力，一步一腳印躍升為以海洋為主體的國際頂尖大學，並造就出無數人才，在各領域成就非凡，本書詳實記錄了諸多心血與榮耀，余很欣喜亦能參與其中，與海大攜手同行，航向光明，創造璀璨。

從海洋探索夢想
預見未來

第二十四任美國勞工部部長
第十八任美國交通部部長
趙小蘭

海洋對世界的意義深遠，它連接著每一塊陸地，亦串起了人與人之間的聯繫與關係。當輪船從一個港口駛向另一個港口，它運載的不僅是貨物，同時帶來了信息、知識，及促進國家和文化背景各異的人們更深層的互動。可以想像，當各國人民之間的互動愈頻繁，彼此之間的理解、信任也會隨之加強，世界自然將更走向和平之境界。

海洋對我們全家人而言，同樣意義深遠，海洋給了家父（編按：福茂集團創辦人趙錫成）一塊打造未來生活與願景的基石，家父生於中國上海市郊嘉定縣的一個小村莊，他從小就對小村莊以外的世界充滿好奇心與求知欲，走向海洋，就是他開闊視野的機會，也是他拓展前程的契機。

大海港口之於家父還有個溫暖回憶，家父總記得他仍為年輕船員時，基隆是他人生重要的停靠港，那時家母朱木蘭家住臺北，正在追求家母的家父每當輪船一抵港，即會馬不停蹄地從基隆奔向臺北，當天再趕回基隆港，一直以來，家父對自己早年在這條路上的奔波印象非常深刻。

在航運世家的成長歷程，培養了我的國際視野，使我的職業生涯受益匪淺。在就讀美國哈佛商學院前，我曾在海運業工作兩年，畢業後則先任職於花旗銀行集團海運部，才到美國白宮從事運輸和貿易政策研究工作，爾後陸續被任命為美國交通部海運管理署副署長、聯邦海事委員會主席、聯邦交通部副部長等職。而我的小妹趙安吉現任福茂集團董事長，傳承家業發揚光大，足見海運是我們家族的畢生志業。

我的家人們把一生都奉獻給了與海洋有關的事務，他們都非常期盼能有更多優秀人才投身其中，海洋大學成立七十年來，以嚴謹標準培育出無數遠洋船員，及海洋相關事務之管理者與策略制定者，並積極實踐海洋安全與環境保育之全球共識，貢獻良多，我與父親倍感榮幸，能獲頒海大榮譽博士學位，為我們的終身熱愛增光添彩。

秉持著為臺灣與全球創造更高價值的海洋事業之初衷，相信，海大用如此高標準所培育出的高水準職業海員，必將有益於全世界，更將為全球世人帶來經濟增長和繁榮機會，未來可期，與海大共慶七十週年榮耀。

擦亮「海洋」招牌
建立國際一流大學

國立臺灣海洋大學校長
許泰文

國立臺灣海洋大學七十歲了，歷經時代變遷，海大已發展成「以海洋為主體，但不以海洋為限」，兼具教學卓越與研究頂尖的國際一流大學，並擁有他校難以比擬的豐富海洋研究環境與能量，海大的使命是積極整合學術資源，擴大社會影響力，期盼另創臺灣「海洋王國」封號之新高峰。

在過去七十年歲月裡，經濟、生態、人文是海大三大發展特色，這三個面向組成一座穩固的黃金三角，彼此之間各存在著一條具有雙向箭頭的軸線，互相串連，融貫專業，進而形成一股帶動大學、社會、國家向上成長的力量。

依循願景，海大師生埋首奮鬥，紛紛展現大學專業氣魄，不僅淬礪出許多世界第一與全球首創技術，師生們甚至默默付出心力，給予社會溫暖支持，不僅讓大學成為國家與社會進步的最佳夥伴，更具體發揮大學價值。

譬如近二十年來，海大培育海運相關船長、輪機長及物流人才，創立我國海運第二座護國神山，海大亦領先全球開發出智慧化海下箱網養殖技術，及口服水產抗病毒製劑，為臺灣創造經濟效益；我們亦善用臺灣四周海域開發離岸風電、建置波能發電系統，為臺灣綠能永續發展做出貢獻；此外，海大師生亦走出校園，走入社區，在基隆造灘、造景，並活化漁村、推動離島偏鄉長照，重建海洋文化與科普教育等，點滴成就都來自我們勇於奉獻之初心。

四大工程打造頂尖海大

展望未來，三年前，我初上任時，曾提出打造頂尖海大的四項工程，包括：第一、擴大外部資源，以特色研究提升國際化及全球排名；第二、促進校園和諧，打造國際級海洋學府；第三、教學精進與創新，健全學生多元學習與課外活動；第四、穩健制度及組織變革支持校務發展，目前均在逐一實踐中。

人才是國家最重要的資產，海洋人才培育也是刻不容緩的使命，海大推動這四項工程的目的，無非是期盼透過健全大學制度與環境，積極招募資金、資源與優秀師資，以培育出更多國際化海洋相關人才，一方面可更擦亮臺灣的「海洋」招牌，另一方面，可讓大學孕育出的研究與技術專業，具體成為國家實現願景、創造未來的關鍵動能。

未來我們還會再加快腳步，從多面向加強國際化指標，譬如現在海大校園內約有七百位國際生，我們的目標是翻倍成長為一千至一千五百人，希望在注入國際元素同時，也能藉由這股國際力向外擴散海大卓絕群倫的學術量能，讓全球世人看見海大，更肯定臺灣的海洋發展專業，海大將不負大學使命，與臺灣共創美好。

海風僕僕　七十年的遠航紀實

七十載海上風光
揚帆國際擁抱革新

在臺灣，如果有一所大專院校自創校伊始，在短短三十七年間，靠一己之力將校地增加了四百倍，由三百坪逐漸擴增為四十一公頃，甚至有將近三分之一、約十四公頃的校地，都是靠學校自行填海造陸取得，「那所學校只可能是我們海洋大學！」全力主導這一切的前校長鄭森雄說。

站在海堤上，鄭森雄遠眺前方無邊無際的浩瀚汪洋，這座海堤正是一九九〇年規劃的第二次大規模擴校所築起，這裡的視野遼闊，還可以望向倚山面海的整座海大校園。

填海造陸　長達二十年的校地保衛戰

說起海洋大學填海造地的歷史，最早可追溯至一九五七年的海事專科學校時期。

被舊北寧路與濱海公路包圍的濱海校區，當時仍是一片約七公頃的岩灘，連同校區附近、市區通往八斗子道路西側的一片沙灘，都被基隆市政府劃為以垃圾填海的海埔新生地範圍。當時的基隆市政府承諾，待海埔新生地填成之後，將交付海專管轄，藉此換取師生的支持。然而，當海大師生忍受了多年的惡臭及蒼蠅在校園漫天飛舞，準備欣喜迎接垃圾場將成海埔新生地，讓校地得以擴展之際，因市政府政策異動，預計將此區發展成水產加工區，令全校師生的心情頓時從雲端跌入谷底。

由於市政府此舉等同破壞了雙方協議，時任海洋學院院長李昌來於是帶領行政團隊，捍衛師生權益，展開歷時約二十年的校地保衛戰。經過不斷向法院及各相關單位申訴、陳情，直至一九七七年才獲得市政府首肯，由校方價購共約十公頃的海埔新生地及鄰近土地，與龍岡校區的十五公頃山林一併劃為學校用地，成為校史上「第一次大規模擴校」。

為育才爭地　零爭議落幕

「但是這二十年間，這塊海埔新生地因無人管理，於是沿著已廢棄不用的舊鐵路邊上，陸續冒出了大大小小九十戶違章建築，加上原有住戶共計一百零八戶，我們空有學校用地卻用不得啊！」原任高雄海專校長的鄭森雄於一九八一年再度回到母校任職，甫接任院長即面臨民房拆遷與爭取改制大學兩大挑戰。

鄭森雄校長遠眺這片歷經填海造陸而來的山海校園，感觸良多但也相當欣慰。

「其實這裡住的都是榮民、計程車司機、漁民等，大家的經濟條件都不太好，所以我們要解決的不僅是『事』，更是『人』的問題。」鄭森雄一方面推動學校各項工程的進行，另一方面則設身處地為拆遷戶著想，安撫住戶情緒，想辦法找出法令內最高補償及安頓住戶的居所。

至於房屋拆遷補償費則採取公平發放、前後一致原則，並於協議書加註：「本案日後如補償費提高，一定將差額補足。」避免因為觀望心態而產生「釘子戶」。在同仁的努力下，收購工作進行得相當順利。然而，仍有約一〇%的少數住戶不肯搬離。有的老榮民心裡過不去，就是要校長請他吃飯，聽他說故事；有的住戶因有複雜的繼承問題，必須協助妥善處理；最後一戶則是間只有六坪大、蓋在馬路中間的違建，住戶態度十分強硬。經過多番協商，先後請該住戶的朋友，及多位校友協助，才順利於一九八六年完成所有民房的收購作業。鄭森雄將這些收購過程，投稿於《研考月刊》。由於前後五年的民房收購、拆遷過程相當和平，從未發生任何紛爭或抗議事件，當時的教育部長李煥還特別將刊登於《研考月刊》的報告，發函給各國立大專院校參考。

一九五〇年代臺灣省立海事專科學校（海洋大學前身）校園。

困境中成長 自我充實的改制之路

至於海洋大學又是如何從僅有駕駛科、輪機科、漁撈科三科、學生一百二十七人的三專開始，一步一腳印成為全國三專中第一所升格為獨立學院，進而改制成為全球唯一用「海洋」命名的綜合性大學，與其他國立大學一同站穩頂大的位子呢？

鄭森雄感嘆：「說實話，我們從創校以來，校地、經費、設備、師資和藏書長期處於不足的情形，幾乎都得靠自己努力提升、找資源。」前面幾任校長曾經努力在艱困的環境中持續帶動校務成長，但是巧婦難為，難免在社會上形成某些刻板印象，阻礙了改制為大學之路。直到鄭森雄接下校長之後，以行動強化師資陣容及研究量能，他相信當實力堅強之後，改制之路也就水到渠成。

為了展現攬才決心，鄭森雄四處打聽合適人選，甚至常常在半夜打國際長途電話，邀請優秀的海外校友返校任教，「我們距離臺北遠，又只是獨立學院，所以有些人很猶豫，還請家人先來看看環境；然而當他們看到違章建築都已經消失、校園煥然一新，就答應回來任教，碩、博士以上的老師人數也開始持續成長。」

當整體師資水準提升之後，研究計畫就大量增加，學校的設備、儀器及書籍也更加充實。學校也多方爭取大型實驗室設備，或各項專案預算補助，大幅提升了研究品質與學術量能。

經過此番體質調整，海洋學院在教學與研究上，皆呈現出一所大學該有的專業水準，深獲各界肯定。在各方輿論及政策開放的浪潮中，軟硬體條件齊備的海洋學院，終於在一九八九年正式改制為「國立臺灣海洋大學」。

一九九〇年代的海洋大學校園。

海洋之心——容納多元價值　捍衛學術自由

在海洋大學改制的同時，適逢臺灣解除戒嚴、迎來開放風氣，社會各界對於政治、教育、經濟等各種面向的改革需求迫切，而廣設大專院校、逐步提高大學升學率與高教生比例及高教鬆綁，都是教育改革的政策方向，因而逐漸形塑出臺灣高教學術圈多元與自由的風氣。

海洋大學也將這股多元、自由的風氣，轉化成自我提升的學術能量，以「海洋」為核心，重新規劃、增設至七個涵蓋所有系所的學院，並隨著產業需求及研究趨勢調整，完整教學單位架構，並推動相關研究中心的設置，主持或參與各項研究計畫，參與國內外研討會，強化海大的學術影響力，更因此而深化、接軌國際動能。

鬆綁校制改革　貫徹學生彈性發展

如果說鄭森雄是完整海大校地、讓海大脫胎換骨的重要推手，由他找回來的前校長張清風，則是近年來透過許多重大改革及凝聚海大校友力量，讓海大站穩頂大地位的關鍵人物。

其中，影響最深遠的就是廢除退學制度、放寬轉系及雙主修限制，增設學程與次專長，讓學生能夠經由審慎思考後，重新選擇想要就讀的科系，即使是不同領域都沒有關係。張清風說：「以前聯考最為人詬病的就是『一試定終身』，以我自己為例，大學念的是母校水產製造系，但當時我對這個領域沒什麼興趣，卻又不知道重考能否考得更好。後來留學時改念生命科學，才找到一條適合自己的路。」

張清風於二〇一二年接任海大校長，他認為成績不能代表一切，跨領域學習、學生的興趣才是關鍵。因此，他主張大學應該要提供更多選擇，接住還沒思考清楚未來、像浮萍一樣的學生。即使當時有一半以上的科系主任都反對，他仍然堅持要打通這條釋放學生自由能量的任督二脈。

以學生為本 辦一所令人感動的大學

除了開導教職員「鬆綁校園」，張清風也常常鼓勵學生直接上簽呈到校長室，只要不違法，他願意給予學生最大的彈性，親自與學生對話。例如養殖系曾因考量專業領域不同，拒絕錄取一

校史博物館內收藏了海洋大學豐富的文史資料。

位沒有生物學背景的資工系轉系生，但在張清風的堅持之下，這位具有亞斯伯格特質的學生不僅順利轉系、功課也蒸蒸日上，最後還成為他指導的研究生，畢業後找到一份人人稱羨的工作。張清風說：「我們不能把學生設定成完美無缺，每個人的天賦不同，不能因為看到一部分，就抹煞一個人的全部。」

張清風認為，大學必須走在時代浪頭，而不是被推著走，更要勇於挑戰和創新與活力，所以他積極推動五年一貫學制，確保優秀的研究人才能留在海大。他更以加入「臺北聯合大學系統」為例，「當其他三校說他們的結盟是因為有地利之便，我就提出基隆也屬於同一個都會區，而且其他學校沒有海洋相關科系，因此他校學生想修這些課，一定得來海大。」張清風寬廣的胸襟及視野，帶領海大成功加入北聯大四校聯盟，使得海大約有三成住在大臺北的學生，可以選擇跨校選課，將時間做更有效率的運用。

馳騁海洋時代洪流　遠颺國界毫不設限

統整海洋的領域與因應時代特色，張清風在任內爭取增加十一位師資員額與調整系所學生名額，積極擴充海洋相關系所，共新增十二個學系與研究所，一個學院（第七學院：法政學院）。開辦學士後商船與輪機專班，增設海洋中心、臺灣海洋教育中心、共教中心、海事發展與訓練中心、產學營運總中心、職業安全衛生中心等重要單位，進而連結「海大附中」。海大形成以海洋為最大特色，且具備最完整海洋相關系所之大學。並且將校區擴展成為「基隆主校區」（祥豐校區、北寧校區、濱海校區、龍崗生態園區、海洋夢想基地）、「馬祖校區」與「桃園觀音校區」，校區總面積達五十公頃。興建六棟新建築物，充實與美化校園環境（含校史博物館），校園更具海洋人文。海洋大學肩負著國家社會發展海洋科技的重任，在我國水產、海洋與海運人才培育、科學研究和技術開發，是一所不可或缺的大學，因此海大成為國際級的海洋頂尖大學。

張清風校長認為，大學必須走在時代浪頭，更要勇於挑戰和創新活力。

成為「國際級的海洋頂尖大學」不僅是海大的核心信念，更是長遠願景。因此，張清風以遊學、交換、雙聯學位等方式，鼓勵學生在大學期間至少出國一次，看看外面的世界；同時也創設華語中心，通過教育部評鑑，可核發入學許可供外國學生申請研習中文相關簽證，並配合學位及非學位課程開課，張開雙手擁抱外籍生。

與此同時，《遠見雜誌》連續八年公布的國內最佳大學排行榜中，海洋大學幾乎穩坐綜合大學前十五強寶座，張清風帶領的海大連續三年獲得《Cheers》雜誌舉辦「TOP 20」辦學績效進步卓越大學。教育乃百年樹人之事，未來，海大師生也將憑藉著眾多前人深耕留下來的學術成就，以「共創海大榮景」為己任，肩負起全國海洋教育龍頭的使命，同時持續遠颺，讓這塊金字招牌，邁向以海洋為專業的國際頂尖大學。

CHANGE THE WORLD WITH INNOVATIONS

CHAPTER 1

用 1+1 個創新改變世界

發揮大學創新能量，透過海洋能源、風電產業、智慧養殖等十一個結合專業技術的產學研發，為海洋經濟發展提供新的可能性。

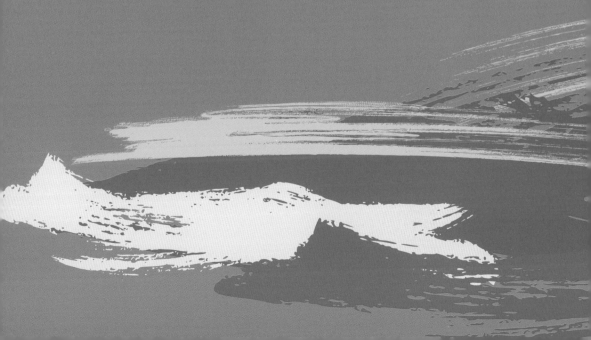

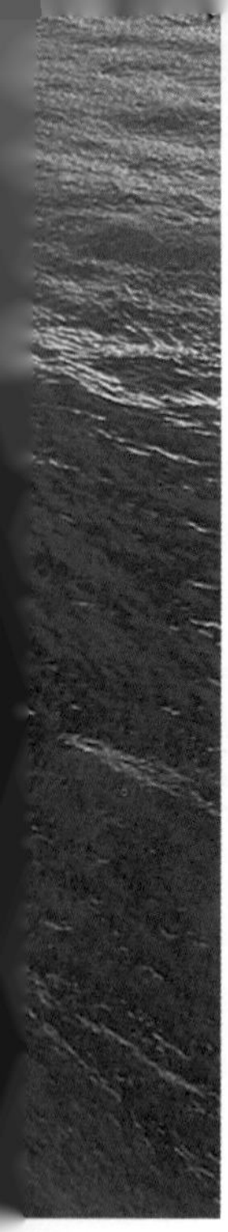

STORY 01

智慧養殖新生機 跨域整合產學共榮

兼顧初衷與使命　翻轉產業的教科書

過去，臺灣機械整廠輸出聞名全球，向世界展演「臺灣經濟奇蹟」，而今，臺灣養殖技術也將有機會「整廠輸出」到海外其他國家，再創養殖產業新生機。

這套備受國際關注的解決方案，是由海洋大學副校長——水產養殖學系特聘教授冉繁華領軍的海大跨領域團隊整合資訊工程系鄭錫齊教授、張欽圳副教授、林士勛副教授、電機工程學系盧晃瑩副教授、鄭智湧副教授與謝易錚副教授等師生，所共同研發成功的「防災型智能箱網養殖模式」及「智慧精準養殖環境與智能生產決策系統」，預計將翻轉臺灣養殖業邁向智慧精準生產。

數據監管科學判斷　突破產業老化與極端氣候困境

早期，養殖業是臺灣重點經濟產業，近二十年來卻因社會變遷大量流失年輕勞動力，導致其勞動人口老化問題愈來愈嚴重。走進養殖場，放眼望去盡是五、六十歲以上的漁民，「這些人終究會退休，而他們的職人經驗尚未被完整傳承。」冉繁華直言，人口老化及人力斷層問題將威脅到養殖業的發展。

海大跨域整合，打開智慧養殖新生機。（照片提供：冉繁華）

另一項危機則來自全球氣候變遷效應，導致不同魚種的生長變因很難只靠人為經驗精準判斷，更需要透過統計與分析大量數據與經驗值，進行科學化、標準化、規格化養殖，才能確保漁獲量穩定產出。

一直以來，海洋大學都是行政院農業委員會及漁業署的重要智庫，長期協助政府制定中短長程產業發展計畫。有鑑於上述原因，冉繁華認為，智慧化養殖並累積相應的決策案例經驗成為資料庫，將是臺灣養殖業突破困境的必要之策。同時，若技術發展純熟，亦可成為臺灣特有的智慧財輸出至國外，開創出更大商機與更高國際競爭力。

海大跨域集思　智慧漁場助產業回春

確認目標之後，就是一段艱辛的建置過程，「團隊必須不斷地跨域整合」，冉繁華表示，當時經過各界共同討論後，認為養殖業要提高並穩定漁獲量，第一步要建置更大範圍的養殖場，接著第二步要提高養殖業自動化能力，再來第三步要建立完善的養殖環境記錄相關資料庫，第四步要建置智慧化系統。其中第二、三步可以解決勞動人口老化問題，第四步則能預測氣候因素帶來的影響。

然而首先面臨的難題是，臺灣可用陸面土地愈來愈少。冉繁華直言，如何善用天然資源一直是臺灣產業發展的重要議題，眾所皆知，臺灣四面環海，海洋無異可成為陸地的延伸，因此冉繁華與團隊立刻將眼光放至臺灣近海海域。

於是海洋大學團隊面臨另一問題：如何在海上養魚？其中最大的影響關鍵莫過於颱風來襲會造成箱網毀壞、魚隻死亡，這該怎麼辦？其實在海平面以下十公尺處，即使颱風來襲造成海上波濤洶湧，這個區域依舊保持風平浪靜。因此，團隊開始想辦法研發沉降式箱網，以避免風災造成箱網養殖業的損失。

海大跨域團隊　發展智慧水下養殖技術

接下來，就要靠跨域團隊一起解決問題。冉繁華負責擬定作戰計畫以及提供養殖技術與知識；資工系負責設計智慧化資訊系統；電機系負責設計電路架構和偵測器；電機及資工系共同開發自動化機械設計等。團隊成員各自發揮專長領域並且共同投注知識與技術，以期扶植養殖業朝更美好的未來發展。

經過多年努力，團隊成功在屏東近海建置四座圓周一百公尺，網袋深十五公尺的沉降式智慧箱網。只要颱風來襲三十二分鐘內，固定箱網的ＨＤＰＥ管會自動注水，箱網就會因重力沉降至海下十公尺處。等到颱風過境後二十八分鐘內，ＨＤＰＥ管又會自動打氣，箱網也會因減輕重力再度浮至海平面，而魚隻將不會受到任何傷害，保持原有產量。

海大智慧箱網配置了水下攝影機，控制中心可隨時監看魚隻活動情形，並透過聲納偵測來估算整座箱網的魚隻數量，準確率高達九三．七五％。同時，也設計出一套智慧化魚群監控分析系統，藉由偵測骨架的變形得知魚隻的游動狀態，再利用魚隻即時影像回推魚隻目前的體長、體高及體重。

為了解決人力不足問題，海大研發智能投餵管理系統，可適時適量往箱網內噴灑飼料。此外，漁船在收成作業時可透過智能吸魚分魚機，將不同大小魚隻進行分級出貨或留養。預計以上所有技術可節省三〇％以上的人力與時間成本，也減少一〇％以上的飼料耗損成本。更令人振奮的是，這套海上箱網養殖產能達陸地養殖的八倍，以「金鯧」為例，可一次飼養三十萬尾，若以一斤八十元計算，將具有相當高的產值。

因為關懷 所以創造

這些智慧化系統除了運用在海上，冉繁華也正帶領團隊走進陸面養殖場，輔導養殖戶如何運用iPad、手機來養魚。冉繁華笑說，每次看見這些年過六旬的人站在漁池前仔細記錄、拍照，就很感動。為了符合使用者體驗，海大團隊不斷精進系統的使用體驗，「重點在於簡單、好使用」。

透過「智慧精準養殖環境與智能生產決策系統」，養殖戶連上網就可輕鬆進行投餵、水質、魚隻成長及收成記錄等管理。發生風險時，可即時運用所有紀錄向決策系統內專家諮詢取得建議，過程模擬醫病問診建立病歷表的互動情境，最後建立可不斷汲取運用並精進的類別化及資訊化的風險處理經驗案例，未來遭遇相似風險，養殖戶將能即時有效率地進行異常矯正，甚至防患未然，可大幅改善傳統人為判斷不一、經驗難以建立及傳承的問題。

海洋大學站在產業最前線，與政府攜手共同扶植產業升級與成長，是海大進行尖端研究的初衷與使命，而海大智慧箱網養殖技術充分體現大學研究能量帶給產業的希望與未來，將協助臺灣養殖產業更有力量地回歸全球市場。

冉繁華相信，智慧化養殖並累積相應的決策案例經驗成為資料庫，將是臺灣養殖業突破困境的必要之策。

STORY

02

能源新選擇　波能發電受國際肯定

擁抱海洋能源　善用在地優勢

未來能源議題一直是全球關注的焦點，尤其臺灣自然資源不足，環境承載有限，如何永續創造能源引起眾多討論。除了現有的火力、水力、核能、太陽能發電之外，海洋能源也愈來愈受到重視。臺灣四面環海，如何善用這片海洋資源更成為關鍵議題。

目前，海洋大學針對海洋能的開發主要有溫差、波浪、潮流發電等三大研究團隊投入其中，不僅陸續產出備受國際肯定的實際成果，更對臺灣發展海洋能源具有深遠的影響力。譬如，長期鑽研波能發電的海大河海工程學系教授翁文凱，已開發出一套具有相當效能的「點吸收式波浪發電機組」，二〇二三年八月下水，於基隆八斗子海岸邊設置實驗場域。

如何另闢出路　自立自強突破困境

談及研究初衷，翁文凱直言：「臺灣不能一直仰賴國外，我們必須開發出自己的技術，自己想辦法發出電來。」

近年來，離岸風電一直是全球搶攻的電力市場，臺灣政府與民間也積極投入其中。但現實是，臺灣尚未開發出建造離岸風電基樁的機械與人才，導致許多關鍵技術必須仰賴國外支援，「往往要用哪些設備、雇用哪些人才、要花多少錢，都是別人說了算。」翁文凱說，這是他最想突破的困境。

不可諱言，若一切運轉正常，離岸風電效能確實高於波能發電許多，海大亦有研究團隊長期投入離岸風電開發行列，希望能為臺灣新能源發展貢獻心力。「但波能發電卻是我們自己可以做到的技術，應該被發展與重視。」年近退休的翁文凱談起這段話，眼神依舊閃爍著光芒。

因應臺灣用電習性　打造岸上的藍色小精靈

除了做，翁文凱更力求突破。環顧現況，市場原有海浪發電技術，經常將發電設備裝置於深海中或離岸，但如同前述，離岸建造設備不僅困難度與施工成本高，維修亦不易，於是翁文凱發揮創新思考，決定以近海發展為首要選項。

翁文凱再評估臺灣海域條件，通常夏季風平浪靜，平均浪高半公尺到一公尺，且夏季颱風多，颱風來臨時，浪高可衝上十多公尺；相對而言，冬季海面平均浪高三到四公尺。另外，臺灣人用電習慣是夏季需求大於冬季。綜合上述條件，促使翁文凱產生了新構想，將點吸收式波浪發電機組稱為「防波堤上的藍色小精靈」。不同於市場常見規格，翁文凱研發的點吸收式波浪發電機組採岸繫式，先把海上作業平臺繫在海岸邊，預計等到設備操作穩定後，再逐步移往離岸發展。

這個作業平臺是由一根根軸承組合而成，每一根軸承前方裝有一個特製規格、重量的浮筒，藉由波浪往復上下運動的力量，會帶動軸承產生旋轉動作，「而軸承旋轉也會產生力量，藉此帶動發電機運

架設於八斗子漁港西防波堤內堤的點吸收式波浪發電機組。（照片提供：翁文凱）

翁文凱教授開發出「點吸收式波浪發電機組」，為臺灣海洋能運用寫下新的一頁。

轉。」為了確保裝置轉動慣性，翁文凱還突破舊有思維，改採單向軸承以提升擷取及發電效能。同時，若遇到颱風來襲或海上風浪過大時，軸承會自動升起，避免受到風災破壞，足見這套新型裝置完全為臺灣海域條件量身打造。

為了證明點吸收式波浪發電機組的效能，翁文凱還特地將裝置接上一組五顏六色的LED跑馬燈，只要該裝置發電，跑馬燈就可隨即秀出各式字樣，如訪客來時，就會秀出「歡迎」字樣，畫面相當有趣。

國際專利肯定　以安全為優先考量

目前翁文凱與海大團隊開發出的點吸收式波浪發電機組，已取得臺灣、日本、英國、德國與法國等十三個國家專利，即使成果令國際廠商驚豔，但翁文凱明白，發展海洋能產業仍需要長時間的磨合、調整與驗證，他說：「有鑑於此，我們先求有，再求好，持續努力。」

長期投入鑽研海洋能以來，翁文凱已協助政府執行多項計畫案，在他與海大研究團隊長遠的擘劃中，未來海浪發電發展時程應先求結構安全，再求高效能；先從淺海出發，並落實產業鏈，以具體提升施工技術與施工設備，再追求更高目標的離岸發展。而翁文凱與海大的下一步，是期盼培育出更多相關人才，海浪發電才能源源不絕地發出電力，並持續找出成長動力。

STORY

03

轉吧大風扇　推廣風電讓數字說話

風電先行者　守護海洋是畢生志業

「面對這片汪洋大海，該如何保護它、善用它，並讓它產生更大的效能與價值？」這些問題，是海洋大學校長、河海工程學系講座教授許泰文三十多年來持續思考與研究的核心議題。至今，他已經在國際頂尖期刊發表超過一百五十篇研究論文，其中多項研究成果影響臺灣與全球甚鉅。

其實，人們尚未走進海大之前，就可以瞧見一支巨大的風扇矗立在海大校門口前的海岸邊，每天不停地轉呀轉的，尤其是冬天東北季風來臨時，轉得更厲害，而這個轉動就來自於許泰文的堅持推動，他笑說：「我想讓大家一起來看看風是不是真的可以變成電。」

心思細膩的許泰文認為事實勝於雄辯，在協助政府推動離岸風電的過程中，他發現與其靠說服大眾來實踐，「不如透過記錄真實數字給大眾看，大眾自然會明白風電的影響性。」他直言，事實是那支風扇轉呀轉的，果真會轉出電來，他也希望藉此將風電宣導變成科普教育的一環。

用三十年專業　描繪綠能新版圖

許泰文是國際知名的海洋與海岸工程學者，也是臺灣推動海洋能源及離岸風電開發的先驅者，長年主持本國及跨國大型科研與產學合作案。如今身為海大校長的他，致力於整合海大研究能量，攜手不同專業的教師共同投入這兩項新能源開發行列，讓環境永續目標在臺灣這片土地上得到具體實踐。許泰文進一步指出，海洋能三大範疇包括：波浪、海流與潮汐、溫差，臺灣在對此三大範疇的研究上，具有「穩定存在」及「優良場域」兩項優勢。因此，許泰文認為臺灣發展海洋能勢在必行，而海大正好處在優良研究場域周圍，已有眾多師生團隊長期投入實體測試研究工作，不僅均頗有斬獲，更已經建置許多示範場域。

然而檢視現階段發展進程，許泰文並不諱言，臺灣的海洋能發展還有許多難關尚待克服。有鑑於此，無論臺灣發展離岸風電這條路多麼難走，他仍想藉由自身鑽研三十多年的海事工程專業，協助臺灣拼上這一塊新綠色能源版圖。他特別指出，海大擁有相關優秀人才、先進設備、研究能量及技術資源等，絕對能為臺灣離岸風電發展做出具體貢獻。

世界級研究　精準預測波潮流

在積極協助政府推動海洋能與離岸風電開發之外，許泰文還曾研發波潮流３D預報ＷＷＭ３模式（Wind Wave Model 3，風浪模式），普遍運用於研發與應用，對全球發展海洋海岸工程與海洋能的影響甚深。

許泰文研發的波潮流３D預報ＷＷＭ３模式，可說是國際級的研究成果。在短短幾小時之內，就可預報出颱風等快速天氣變遷可能造成的波潮流變化，由於歐美沒有颱風，也沒有快速預報系統，原本的預報都比這套創新模擬系統慢了許多，若有延遲預報或更新，往往會造成大淹水等災情，促使這套系統目前已廣被國際運用。

主因來自歐美不似臺灣常有颱風瞬間入境等景況發生，歐洲許多海域要形成暴潮巨浪往往需要

> 研究海洋是一輩子的志業，要培育出更多優秀海洋研究人才，讓臺灣得以憑借其獨特的地理優勢，找到價值、看見未來。

數個月時間，但一般颱風引發大浪時間大約七天左右，加上臺灣沿海海域地形複雜，尤其東部海域從數千到數百公尺水深的距離也非常短，陡變地形導致臺灣沿海的波潮流變化又快又複雜。於是許泰文便利用臺灣獨特的天氣、地形型態，進行大規模研究，領先全球研發出這套3D模擬系統，將深、淺浪切割成不同粗細、不規則的網格，從中建置出一套計算模型，用來模擬波潮流的即時狀態。

以成果來看，許泰文創造的高效率預報令世界驚豔，相較歐洲的波潮流預報是以日、月為單位，許泰文則以小時為單位，幾個小時內便可因應颱風等快速的天氣變化，提供波潮流預報，不僅準確率高，還能克服陡變地形複雜造成的預報困難等問題，因此該研究一發表，即受到國際高度矚目。

官方御用系統　模擬海象提前預防

隨著全球暖化、海面上升、極端氣候對海洋及陸地威脅加劇，全球產、官、學、研無不積極投入相關議題的探討與研究，許泰文在此領域亦有極大貢獻。他參酌聯合國政府間氣候變化專門委員會（Intergovernmental Panel on Climate Change, IPCC）評估報告內容，衡量臺灣海岸在面臨氣候變遷時可能遭遇的衝擊，並針對各種衝擊情境研擬適當的海岸調適策略。

目前，該項研究已成為政府進行海岸管理的重要參考依據，一方面可協助提高海岸安全性，另一方面則可減少國土流失情況。「尤其臺灣的土地面積難以承受海水不斷上升的危險因子，絕對要提前預防。」許泰文直言。

從海大校長辦公室的窗戶望出去，就是一片蔚藍大海。許泰文笑說，研究海洋是他一輩子的志業，年近七旬的他依然懷抱研究熱忱，希望能夠培育出更多優秀海洋研究人才，讓臺灣得以憑借其獨特的地理優勢，找到價值、看見未來，持續朝永續發展目標大步前進。

（左起）臺灣海洋教育中心張正杰主任、海大許泰文校長、教育部潘文忠部長、教育部綜合規劃司鄭淵全司長出席「2022 海洋教育推手獎」頒獎典禮，邀大家群策群力，成為永續海洋推手。

STORY 04

為解決問題而生 科技革新過關斬將

以發展全方位平臺為目標 助臺灣漁業再創高峰

走進海洋大學資訊工程學系副教授許為元的實驗室，一個布滿小點、數字、代碼的大螢幕畫面吸引了所有人的目光。原來每一個小點代表一艘船，包括漁船、商船，且畫面採3D立體動態呈現方式，只要點擊任何一個小點，螢幕會立即秀出這艘船在海上的位置、作業情況等，讓觀測者得以即時掌握每艘船隻的動態以及漁業資源的分布。

這套系統是許為元打造的「新世代全球3D即時動態海洋與漁業地理資訊分析系統」，不僅獲得二〇二二年國家科學委員會「未來科技獎」、二〇〇九年傑出資訊人才獎以及二〇一九年國家農業科學獎，更在過去成功協助臺灣去除歐盟對臺灣漁業的「黃牌」警告，貢獻良多。

漁業也拚數位轉型 化國際壓力為助力

從加入海大以來，許為元便致力發揮資訊專長以及海大的領域優勢，投入與海洋相關研究，對於臺灣發展海洋漁業提供許多貢獻，他說：「協助臺灣漁業資訊化是大目標，可以提升管理與作業效率，並克服勞動力日益減少的瓶頸。」許為元進一步舉例指出，從一九八〇年代以來，臺灣的沿近海漁獲量一路下滑，從每年四十萬噸，減少至二〇二一年十七萬噸，這中間極大落差來自多項因素，包括海洋本身條件不同以往、資源的枯竭、以及勞動力老化或減少。而遠洋部分則是從二〇〇七年的巔峰九十八萬噸下降至二〇二一年的五十三萬噸，也是面臨同樣問題。

除此之外，「國際壓力也是促使海洋漁業數位轉型的關鍵。」許為元指出，根據國際作業規範，每個國家的政府都要能確實掌握每艘船的航行與作業狀況並防範非法、未報告、不受規範（IUU）漁業行為。但過去臺灣在此方面的資訊連動不足，導致臺灣曾被祭出黃牌處分，面臨著漁獲禁銷的危機。因此為了幫助臺灣漁民提升管理效率、協助符合國際規範、至後來精準資源管控與漁場預測評估，並保障每艘船的航行安全，許為元率領研究團隊投入新３Ｄ即時動態觀測資訊系統開發，對臺灣海洋漁業發展確實發揮相當助益。

世界第一套漁業即時監控系統

許為元指出，這套系統是領先全球、國際上第一套完全即時動態監控的漁業資訊系統，也是臺灣目前最完整的漁業系統。許為元與漁業署等單位合作，整合多項漁業相關數據運用於系統，包括船舶定位系統（VMS）、船舶辨識系統（AIS）、電子漁獲回報日誌（eLogbooks）、漁獲管理系統、海氣象資訊及衛星可見光紅外線成像輻射儀（VIIRS）等。整體而言，許為元開發出的這套高效能系統架構與演算法，一方面可二十四小時全天候監控漁船位置、作業情形、並且能統計漁獲數量。另一方面，能將超過三百萬個觀測物件、超巨量的資訊以３Ｄ即時動態視覺化，並做出對應的資料分析。此外，還運用人工智慧與高速運算雲端叢集來發現新知識。更重要的是應用這套系統可二十四小時不間斷守護臺灣的漁業。

除了即時掌握漁船動態，以期符合國際規範之外，許為元認為隨著資訊科技與人工智慧技術日益進步，未來漁業資訊科學研究仍大有發展空間。這幾年來，他持續率領團隊精進系統，實驗室研究範圍也日益擴大，大家每天緊盯電腦，為不同單位提供最新漁業資訊，並打造更先進的資訊系統服務。目前這套系統也已在其他研究面向發揮助益，譬如二〇二一年應用於桃竹苗離岸風電航道分析，二〇二二、二〇二三年，協助政府建置國際區域漁業組織施行的電子觀察員監控系統等，及二〇二二年開始投入海上偵防邊境防守的工作。

電子觀察員也是未來漁業發展的重要國際措施。基本上各區域漁業組織（RFMO）的規範不同，譬如臺灣船舶要航行進入印度洋時，會被要求至少有五%的航次配有觀察員，之後還可能被提高要求至一〇%。以臺灣現有一千一百艘遠洋漁船來看，至少要儲備一百多位觀察員，但現況是因工作的危險性以及離鄉背井，導致人力招募有瓶頸。為此，各國都在發展電子觀察員，運用資訊科技來監測漁船作業情形，並提供即時整合資訊給各區域組織。為了不落後於國際，臺灣也開始部署，正積極在不同漁船加裝與試驗電子觀察員，以避免國際組織突然要求而措手不及。許為元與研究團隊就被政府委以重任，結合了如電子觀察員以及海上通訊系統後的新世代全球3D即時動態海洋與漁業地理資訊分析系統也派上用場，許為元說：「我們不能等到漁船受到國際壓力，被規定不能捕撈了才來做，這對臺灣產業的傷害會很大。」

從解決問題出發　再創臺灣漁業高峰

過去幾十年間，臺灣漁業發展遇到一次又一次的挑戰。在許為元協助臺灣漁業解除歐盟黃牌警告之後，臺灣漁業又面臨美國祭出黃牌警告，這次重點在於改善漁工生活環境。對此，許為元又開發出低成本的簡易海上衛星通訊設備，讓漁工可與家人保持聯繫，降低漁工的焦慮感。展望未來，許為元將持續以新世代全球3D即時動態海洋與漁業地理資訊分析系統作為一個大平臺，不僅計畫納入更多面向的海洋資訊，也將擴增人工智慧相關技術，「讓這套系統除了能監控，還能預測評估海上狀況如波浪、氣候，以及觀測全球變遷因素對於資源量的影響。」許為元充滿信心地說，期盼未來能保障每艘漁船的航行安全，並與政府共同攜手，協助臺灣海洋漁業走向另一波新高峰。

「新世代全球３Ｄ即時動態海洋與漁業地理資訊分析系統」，是國際上第一套完全即時動態監控的漁業資訊系統。

STORY 05

面對看不見的敵人 只能贏的一場仗

對抗超級細菌 跨域團隊成功商轉

過去，科學家為了人類福祉研發抗生素，但因疏於管控，濫用抗生素，而產生具有多重抗藥性的超級細菌，對人與動物的健康造成致命威脅。面對這場對抗細菌的戰爭，由海大跨領域科學家組成的團隊，結合生物科技與奈米技術，研發出能對抗超級細菌的草本炭方技術，不僅解決抗生素濫用問題，成功商轉運用在農業養殖領域，未來更能為人類帶來巨大福祉。

劃時代研究 用好奇心殺死「細菌」

一舉拿下生技界的奧斯卡獎，海大生命科學系林翰佳教授與黃志清教授以開創性的草本炭方技術解決動物抗生素濫用問題，獲得二〇二一臺北生技獎技轉合作銅獎殊榮，兩位完全不同專業背景的學者，如何跨域展開合作？

「科學研究都有目的性，想解決某些問題。我們最初之所以合作，其實是對新領域充滿好奇，受到求知欲所驅使。」林翰佳笑著說，他和黃志清一個擅長生物科技、一個專注分析化學，卻在二〇一五年時，就開始嘗試從各自的專業出發，共同合作找尋創新的可能。當時，他們經常交流彼此的研究心得。由於黃志清已投入研究碳奈米技術多年，掌握了潮流的先端。他說：「我們把一些天然有機的小分子或聚合物加熱，就會形成碳奈米材料，而且經過碳化處理的過程往往會產生新的功效。」在爬梳許多文獻後，黃志清教授觀察到長期使用抗生素讓許多細菌產生抗藥性，使得這些抗藥性細菌未來有可能成為致人於死的超級細菌。「所以我向林翰佳教授請教他最擅長的生物多胺研究，嘗試合作把這些有機天然的生物多胺變成碳奈米材料，看看會發生什麼有趣的事。」

果然，林翰佳把食品加工與傳統中草藥加熱提純概念拿來應用，共同研發出「草本炭方」特殊技術，讓生物多胺的抗菌能力增加了兩千五百倍，對大腸桿菌、金黃色葡萄球菌、綠膿桿菌、腸炎沙門氏菌都有良好的抑菌效果，甚至對於多重抗藥性細菌的抑制率更高達九九％以上。林翰佳說：「這項發明完全可以用在傷口的敷料與滴劑中，不僅能抑制細菌，還能治療感染性傷口。」於是二〇一六年，他們共同發表第一篇論文，與各界分享這項劃時代的研究心得。

回歸立校初衷　創新變現劍指南向

「這是結合材料科技、食品加工及中醫藥理

林翰佳與黃志清教授跨域合作，共同打造劃時代的新技術。

論，把天然功效成分濃縮在微小奈米生物炭表面的劃時代發明。」林翰佳難掩興奮地說。而後他們持續投入相關研發，陸續在國際指標性期刊發表成果，至今獲得引用次數超過三百多篇，甚至吸引國際知名期刊《*Science Translational Medicine*》專文介紹，評論此技術是取代抗生素、對抗感染性疾病的新希望。當然，這項技術也獲得二〇一八年臺灣國際發明展鉑金獎、二〇一九年第十六屆國家新創獎及二〇二〇年未來科技獎等殊榮肯定。

隨著全球一波波疫情的無情衝擊，黃志清表示：「如果沒有把動物和環境的健康照顧好，最終也是會影響到人類的健康，於是我們開始思考如何把技術應用在動物健康上。」過去的生技研究大多注重人類醫藥，他們反而另闢蹊徑，從海洋大學的立校根本出發，認真思考如何幫助農漁產業解決問題。適逢二〇一七年科技部推動「科研成果價值創造計畫」，鼓勵大專院校以技術帶動產業轉型，補助學界與業界共同籌組創業團隊，將學界技術商業化。林翰佳難掩驕傲地說：「我們團隊不只能在學術上創新，也是真正能走出實驗室並且把影響力帶入社會。在科技部的支持下成功技轉成立『炬銨生技』這間新創公司，實際推出更好的機能性飼料，幫助養蝦的漁民增加收穫，同時解決全世界都困擾的動物抗生素濫用問題。」學研新創走到實際市場應用，中間往往有一個很大的門檻，也就是所謂的「死亡幽谷」，兩位教授一步一腳印陪著團隊走向成功。

如今，這間新創公司的確也充滿年輕的成員，他們大多是一路參與老師們研究的海大校友。從校園無縫接軌職場，胼手胝足地展開創業之路，完成商品安全性評估、法規認證、量產及市場推廣工作，讓他們雖然年輕但已經是身經百戰的業界高手。炬銨生技所推出的機能性飼料，證實能有效解決養殖業者頭痛的細菌問題，因此蝦飼料在臺灣上市第一年即出貨達五百公噸；並在疫情逐漸解封後積極開拓海外市場，廣受國際市場矚目。「大學本來就負有頂尖技術研究，以及高等人才培育的工作，但時代也同樣不斷給予大學新的考驗與挑戰。我們既是科學家、也是老師，帶領年輕世代從學界跨域到產業，就是我們的責任。」林翰佳說，海洋大學營造的創業友善校園，讓師生的創意沒有極限，也讓產業與人才的未來充滿無限可能！

STORY

06

吃水產優格長大的魚蝦

研發晶球化口服製劑提升魚蝦育成率

二〇二一年，科技部（現為國科會）「傑出技術轉移貢獻獎」的頒獎臺上，在一片半導體、醫療、生技等領域的得獎者中，專攻水產養殖的海大水產養殖系特聘教授周信佑、海洋生物研究所教授陳歷歷，顯得格外獨特。

周信佑和陳歷歷分別主攻魚、蝦研究，這次是以「機能性物質之晶球化口服製劑技術」拿下獎項。長期專攻水產動物疾病、推行無抗養殖的周信佑解釋，無抗養殖的風潮，是基於近年來國際食安意識抬頭，世界各國紛紛對抗生素的使用祭出明令。例如二〇〇六年起，歐盟便禁止食品動物使用「抗生素促生長飼料添加劑」，二〇一二年，美國也公布「使用抗生素飼料應有獸醫處方」的規定，取而代之的是將活菌、益生菌等添加物放入飼料中，增強生物自體免疫力。

儘管益生菌的使用在水產養殖界已經很普遍，但是大多用於改善水質、促進成長的菌株，可以強化魚蝦腸道提升免疫力的水產乳酸菌至今仍是少數。因為乳酸菌容易受環境干擾以及胃腸道酵素破壞，如何讓乳酸菌順利在魚蝦腸道發揮作用成為考驗。周信佑說：「『晶球化口服製劑技術』，就是我們拿出的對策。」

晶球包埋顧腸胃　魚蝦健康一把罩

作為國內研究石斑魚水產疫苗的專家，周信佑很清楚為水產動物注射疫苗、餵食保健品的難度。她過去開發水產口服疫苗時，便研發出「水產用多重相乳化包埋技術」。而無抗養殖風潮興起，她又想到，何不用上「晶球包埋」技術將機能性物質和活菌保護於晶球內再投餵給水產動物，讓這些機能性物質能順利通過環境的考驗，在魚蝦腸道發揮功能，進而減少抗生素和藥物使用。根據測試，未經晶球包埋的水產乳酸菌模擬存放在三十七度倉庫中，一週後有些菌株已無一存活、僅存的也只剩下二至三成；而包埋的乳酸菌在一個月之後都還有八成存活。

除了包埋技術，如何將機能性物質、活菌應用在水產動物上，也是一大挑戰。不同性質的物質在魚蝦腸道中的作用並不一致，疫苗要進入血液系統才能誘使免疫系統工作，而乳酸菌則必須定殖在魚蝦腸道才能發揮功能，「兩者差異很大，我們要針對不同物質不斷調整配方。」

團隊以不同處理並逐步分析魚蝦腸道菌相後，終於選出能和病原菌拮抗的乳酸菌株、進一步利用晶球包埋製作為水產飼料添加劑。如今，「晶球化口服製劑技術」已克服環境問題，具低成本、耐高溫、耐酸鹼等特性，能於室溫中保存。

既然是「活菌」，團隊為口服製劑取了個「水產優格——魚健寶」的可愛名稱，並和養殖戶合作，證實全程投餵「魚健寶」養成的魚蝦，抗病率、育成率均有明顯提升。以感染疾病的白蝦來說，整體存活率提升三五%以上，證明「晶球包埋」技術不僅能降低水產動物用藥、抗生素的使用，還能確保水產品的收成與獲利。

技術落地穩健品質　贏回消費者信心

但團隊隨後又遭遇一大難題，就是現今收購魚蝦的盤商，幾乎沒人過問養殖方式，而是直接喊出一口價後便統一收購。可是魚蝦和人不一樣，一般人更是難以辨別魚蝦的健康，導致養殖戶缺乏使用魚健寶的動機。對此，周信佑和陳歷歷認為，若將研究技術實際落地，讓大眾吃到好魚好蝦，從消費端敦促養殖戶採用更健康的養殖方式，或許能加速技術普及，「新科技與技術本來就該落實在產業，我們希望能用『晶球化口服製劑』，協助養殖戶提升國產水產品價值。」陳歷歷強調。

周信佑笑稱，她平常就愛向親朋好友「傳道」，分享「吃海魚不如吃養殖魚」的觀念。根據去年紐西蘭官方發布的海洋環境報告顯示，紐西蘭捕撈到的海魚，有七五%帶有塑膠微粒；相較之下，臺灣養殖水產品都必須經過重重檢驗才能販售，「臺灣養殖技術其實非常好，消費者卻缺乏信心。我們既然有技術，就應該努力去打造一個品牌，找回消費者對臺灣水產養殖品的認同。」因此，在二〇一九年，團隊以授權和技術入股的方式，成立海大衍生新創公司「艾普水產生技」。

跨領域團隊合作　品牌包裝行銷一條龍

艾普水產生技致力打造「負責任」的水產養殖品牌，販售優質的國產水產品，並提高競爭力。

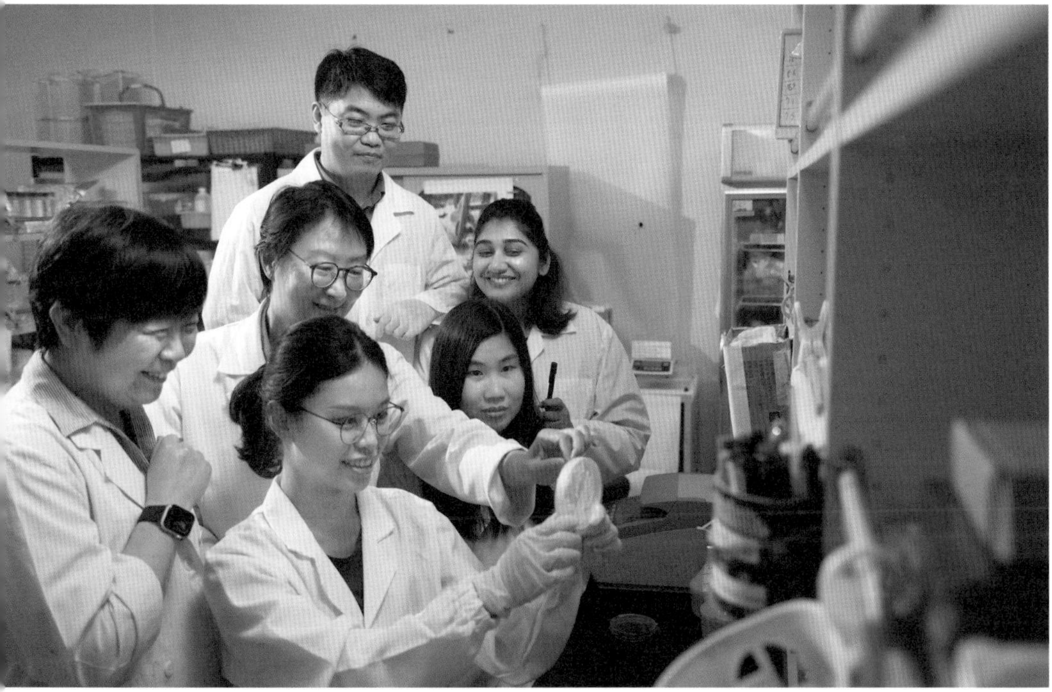

周信佑和陳歷歷教授團隊研發晶球化口服製劑，致力提升健康養殖。

跨領域團隊讓研究技術實際落地，推出「煙逗桑」等高人氣養殖水產商品。（照片提供：周信佑）

目前，由校內水產養殖、食品科學、文創設計系等不同領域教師組成的團隊，採一級研發和生產、二級加工到三級行銷的一條龍模式，朝「六級產業化」目標邁進。團隊會觀察消費者反應、詢問加工端需求，最後再反饋到研發端，據此推出有市場潛力的產品，「推展技術移轉的時候，不能只想著賣技術，要為廠商設想之後的出路，不是光向企業畫大餅，而是要一起做出成品。」周信佑說。

例如吃魚健寶長大的「午仔魚」是最受歡迎的產品，體型修長，外觀帶點金黃的午仔魚以「金澄午（金城武）魚」為名行銷，一舉在二〇二二年的臺北國際食品展中，獲得臺灣館十大人氣商品；煙燻午魚也有個詼諧逗趣的名字「煙逗（英俊）桑」，製作時採用「間接煙燻」的方式，既消除致癌疑慮，又能保留煙燻食品的美味，響亮又充滿創意。

現今消費者愈來愈重視食品鏈中過度使用抗生素的議題，而晶球化口服製劑技術的研發、水產優格魚健寶的推出，不僅養出「金澄午魚」、「煙逗桑」等值得信賴、安心食用的水產品，也成功讓臺灣自有的水產品，重回大眾目光。

STORY

07

養殖業亮曙光　水產病毒頭號殺手

破框翻轉 帶領臺灣養殖重返榮耀

二〇一九年，Covid-19 疫情肆虐全球，讓世人見識到病毒的威力，它不僅足以威脅生物的生命與健康，亦足以摧毀整個產業的發展。而水產生物的世界也一樣，病毒一直是道難解習題，但現在，海洋大學水產養殖系教授呂明偉經過多年研究，提出了新解方，讓病毒不再危害水產生物生命，也讓臺灣養殖技術重返榮耀。

優化水產抗疫體質　提升產業競爭力

早期，養殖業是臺灣重點經濟產業，之後隨著東南亞國家崛起，以及歷經幾次病毒侵襲危機，使得臺灣養殖業逐漸喪失國際競爭力。譬如臺灣曾經是「草蝦王國」，產值占全球四分之一，沒想到，一九九二年因為大批草蝦感染白點症病毒，引發草蝦暴斃潮，臺灣草蝦王國的美譽一夕崩盤。

以水產養殖而言，病毒、細菌、寄生蟲是產生魚隻、蝦類等水產生物疾病的三大因素，其中又以病毒最令人頭痛，常常是無藥可醫。若魚隻等感染病毒，養殖戶大多只能透過改善環境來因應，但若是剛孵化的魚苗感染病毒，就往往難逃死劫。面對這個棘手的問題，呂明偉直言：「我想要解決這個全世界都很難解決的問題，藉此提升臺灣養殖產業與技術的國際競爭力。」

呂明偉教授打破思考框架，在水產飼料混入製劑，養出健康的魚蝦。

「餵」出抵抗力　健康魚苗從小培養

呂明偉從就讀中山大學海洋資源研究所博士班起，即投入病毒相關研究，他歷經多次產業生存危機，促使他持續不斷從多元角度思考解方，幾經探索，最終鎖定一個研究方向：從魚苗還小時，即在牠們體內產生抗病毒元素，只要能培育出健康魚苗，就能掌控養殖產業的生存利機。

難題又來了，究竟該如何幫每隻剛孵化不到三十天的魚苗注入抗病毒元素？過去全世界養殖業都很難做到這一點，礙於成本與人力考量，業者只會針對經濟價值高的魚種，派出人力去抓出一隻隻魚苗來打針，而其他經濟價值較低的魚苗幾乎處於「放生」狀態。因此，這些魚苗若遇到病毒侵襲，幾乎會全數陣亡，可想而知所耗費的高額經濟損失。

對此，呂明偉決定打破思考框架，既然無法把一隻隻魚苗抓來打針，就換個方式改採口服，但該如何餵呢？經過多年研究，呂明偉成功研發出抗病毒製劑，並將製劑混入水產飼料中餵魚，再透過 RNAi 技術來抑制病毒在細胞內的複製，進而培育出具有抗病毒能力的健康魚苗。

目前這項突破性技術已進入標準化量產階段，更令人振奮的是，這些健康魚苗徹底翻轉了「九五%」。在過去，若魚苗感染病毒，其死亡率為九五%，但現在，餵食含有抗病毒製劑飼料後的魚苗存活率可超過九五%，甚至還有實驗證明，存活率將近百分之百！

養活魚蝦的同時，呂明偉的研究也為養殖業創造出高經濟效益。根據實際估算，透過這項創新技術培育出的金目鱸魚苗及石斑魚苗，過程中的時間成本僅有短短四十多天，健康魚苗即可創造出四到六倍的經濟價值。

技術商品化 放眼全球積極南向

這項全球唯一的「Lipoplex 口服傳遞平臺開發高價值之優質水產種苗」技術，不僅榮獲「二〇二二臺北生技獎」優等獎，同時很快就受到市場關注，目前已技轉給「魚瑞生物科技公司」，而該公司價值在短短幾年間就成長達五．五倍，經濟效益驚人！

創造這些數字的背後支撐力，來自呂明偉與魚瑞團隊已將該技術成功商品化，開發出各種複合飼料添加劑及飼料產品，並結合複合益生菌與飼料供應區塊的商業模式，開發出最適合搭配水產養殖技術的產品與配套方案。

透過實際行動，呂明偉企圖讓臺灣養殖業重返榮耀，而開發技術之後，現在呂明偉更將目光放至擁有更大市場的南向國家。腳步跑得快的他也已經在馬來西亞打造出種苗基地，並積極將抗病毒健康種苗推向全球市場。相信在呂明偉與海大團隊的積極作為下，臺灣養殖業大放異彩將指日可待。

健康的魚苗是養殖產業的生存利機。
（照片提供：呂明偉）

李孟洲教授帶領團隊埋首於藻類的培育與分析研究。

STORY

08

窺見常人忽略的美 解鎖藻類生存密碼

發現新種寄絲藻 臺灣首發揚名國際

一個新發現，不僅創造了極高經濟價值，還妙用無窮。海洋大學水產養殖系教授李孟洲領先全球，發現世界新種「臺灣寄絲藻」的蹤跡，更發掘臺灣寄絲藻對永續環境與生醫工程可提供巨大貢獻，研究一發表，立刻引起全球好奇。

走進李孟洲的實驗室，看到眼前景象總讓人不自覺驚呼：「哇，好美的色彩視覺感。」因為那裡擺放著好幾排透明瓶罐，分別裝著或紅、或綠、或紫的各種液體，再拉近一看，有些瓶罐只裝液體，有些卻內含有不同的藻類，這些五顏六色的瓶罐在日光燈照射下格外顯得耀眼奪目。

憑藉一股執著 開啟微觀世界無限想像

當眾人將目光聚焦於這些瓶罐之美，李孟洲卻更在意瓶罐內容物的存在意義。李孟洲是全球藻類研究專家，他除了鑽研如何養好藻，也研究藻類可為人類與環境帶來哪些好處，並在全球發表多篇受到高度關注的論文。在這些研究中，李孟洲對臺灣寄絲藻的探索，更開啟人類對藻類的無限想像。

臺灣寄絲藻原本是個不知名生物，某次李孟洲在顯微鏡下觀察大型紅藻時，發現藻體上面有個附生的紅色絲狀藻體。當時，國內外少有寄生性絲狀紅藻的物種紀錄與報告，因此這個新發現引發了李孟洲的研究動機，便與博士生葉翰揚從藻體形態、生活史與分子親緣演化方法著手進行研究。一直以來，李孟洲秉持的研究信念是：「任何一種藻類，皆有其存在的意義與價值。」因此，若沒人知道這個藻種，他就去探索；若沒人看見它的價值，他就去發掘。殊不知，一個執著的念頭竟然創造出了極大影響性。

研究結果證實，絲狀藻體是世界新種。由於這也是臺灣首次發現寄絲藻物種，於是他特地將其取名為臺灣寄絲藻，並展開一系列深入研究，逐步解開臺灣寄絲藻的生存密碼，其相關論文也已發表於頂尖國際期刊《生物資源技術》（*Bioresource Technology*），頓時間，臺灣寄絲藻揚名於國際。

寄絲藻助減碳　生醫發展無可限量

透過研究，李孟洲發現臺灣寄絲藻在人工養殖環境下可快速生長，且存活率很高。同時，臺灣寄絲藻還具有可純化培養、能夠定量分析之特性，非常適合作為試驗模式物種。首先，由於臺灣寄絲藻生長快速，且在生長過程中，它會快速地吸收環境中的二氧化碳來促進生長，它的藻體也能有效利用海水中無機碳源。眾所皆知，二〇五〇淨零減碳是當前全球最關注的永續環境議題，而臺灣寄絲藻具有碳捕捉能力，在碳中和領域具有極高的應用潛力，正可為淨零排放做出貢獻。

看似不起眼的藻類，竟也蘊藏著無窮的應用潛力。

同時，李孟洲發現臺灣寄絲藻亦可在生醫工程領域發揮極大功能，一方面寄絲藻萃取物可促進人體細胞的膠原蛋白合成與分泌，能作為醫美產品的原料；另一方面，寄絲藻所含有的藻紅蛋白非常獨特，可配合醫學精密儀器的使用，對人體細胞進行更精準的醫療檢測與判讀。更值得注意的是，李孟洲與團隊還透過不斷優化養殖與藻體定量分析技術，成功地運用臺灣寄絲藻釐清多種環境或化學因子對藻體生長生理的影響，證實臺灣寄絲藻是良好的試驗模式物種。

不起眼的海洋配角　卻是生態復育重要關鍵

回想這一路的研究過程，李孟洲笑說：「我們就是做別人不重視的，沒想到一股傻勁竟產生如此大的影響力。」他感嘆地說，過去人們說到大海生物復育工程總會先想到珊瑚礁，往往會忽略藻類，其實藻類在大海生態系中扮演重要的生產者角色，也應該被保護、被復育。而李孟洲在藻方面的高研究能量也創造出社會價值，由於近年氣候變遷，促使馬尾藻在大西洋赤道海域與加勒比海等地大量增生，不僅嚴重影響漁民作業，也因其散布於沙岸上導致腐敗惡臭，造成環境污染與景觀破壞。

為此，二〇二一年，聖露西亞駐臺大使羅倫特地拜會海大校長許泰文與藻類研究專家以請求協助，之後外交部特請李孟洲到當地考察，協助位在加勒比海周圍的聖露西亞、貝里斯、聖文森、聖克里斯多福及尼維斯等友邦國家解決問題，當時海大團隊研擬出科學方法來追蹤與預測馬尾藻的增生路徑、數量，並利用大量採集到的馬尾藻進行產品開發，將危機化為轉機，大幅減少馬尾藻增生對這些國家帶來的負面影響。

臺灣因地理位置具備獨特條件，高溫的黑潮洋流及低溫的大陸沿岸冷流都會經過臺灣周遭海域，促使沿海藻類生長種類繁多、隨季節快速變換，李孟洲直言：「既然臺灣具有研究藻類的優勢，更應該積極投入，並創造價值。」如同他透過一片片小小的海藻，發現了一處處大大的驚奇，李孟洲和團隊要向世人證明，「藻」不是汪洋大海中不起眼的生物，而是能在永續環境、生醫工程等領域發展中，扮演舉足輕重的重要角色。

STORY

09

藻類應用無遠弗屆　歸功海大豐富資源

現代神農氏嘗百「藻」藻能研究獨步世界

古代神農氏透過嘗百草，為百姓尋找得以治病的草藥。而海洋大學食品科學系系主任吳彰哲就像個現代神農氏，同樣以嘗百草的精神，致力於探索許多藻類、中草藥、魚油的祕密，並針對人類對抗疾病、病毒及預防醫學等方面，構築全新且有效的防禦方法，相關研究成果已經引起國際人士的好奇與討論。

研究領先全球　國際學者跟進掀熱潮

吳彰哲領先全球的發現之一，就是證明紅藻萃取出的多醣體可以協助減少體內病毒量，這項研究日後也啟發國際間許多相關主題研究，讓全球許多學者紛紛跟進，投入研究多醣體與病毒之間的關係，創造出一股研究熱潮。

其實早從二〇〇三年臺灣爆發ＳＡＲＳ疫情，吳彰哲就開始投入病毒研究。直到他加入海洋大學之後，將研究範疇納入海大頗具研究能量的藻類養殖，並一步步建立出自身的研究獨特性。多方嘗試後，吳彰哲不同於一般運用具強酸或強鹼的化學切割液，採用更天然環保的酵素切割技術，從紅藻萃取出多醣體，領先全球發現藻類多醣體可將體內病毒包覆住，「這時病毒會像被拔了牙的老虎，很難攻擊身體正常細胞。」吳彰哲指出。

同時間，被多醣體包住的病毒也很難在體內不斷複製或擴散，這時身體免疫力便有更多時間可以發揮打敗病毒的功用，只要藉由免疫力打敗更多病毒，身體就會相對更健康。而這項新發現也促發全球對藻類多醣體的多元運用與發想，譬如製造出藻類多醣體喉糖、喉嚨噴霧等。

雖然研究引起廣大的迴響，吳彰哲卻特別補充，這項研究成果主要是仰賴自海大珍貴獨特的資源。海大「臺灣藻類資源應用研發中心」養殖了非常多種類的藻，對於創新思維、愛嘗百草的他而言，這裡擁有取之不竭的研究素材，也促使他致力在這無窮領域中不斷進行各種試驗，提出更多研究成果。他深切呼籲各界研究藻能從可大量養殖的種類著手，才不致破壞藻類與海洋生態平衡，「學術研究不能與環境永續精神背道而馳。」這是吳彰哲始終念茲在茲、以身作則的信念。

食療研究提高免疫力　助癌友尋生機

長期致力於研究食物與營養、疾病及病毒之間的關係，至今吳彰哲已累積多項影響世界的創新研究，另一項同樣領先全球的發現，是找到癌症惡病質分子路徑，主要透過對的全營養介入，可抑制惡病質產生，提高癌症病人的存活率，這項研究成果受到國際腫瘤相關領域重視。

吳彰哲指出，眾所皆知，癌症是臺灣十大死亡原因之一，但

吳彰哲教授長期研究食物與營養、疾病及病毒之間的關係，至今已累積多項影響世界的創新發現。

海藻可以萃取出多醣體等物質，應用於預防醫學及生物醫學之中。

很多人不知道，有二二%的癌症病患死於惡病質，而非癌細胞、腫瘤本身。惡病質是一種具有複合性症狀的疾病，常見症狀包括體重下降、肌肉與脂肪組織減少、免疫功能降低、慢性炎症等。據統計，三〇到八七%的癌症病人患有惡病質，導致人們常聽說有癌症患者死於營養不良等狀況。

許多癌症患者擔心為維持身體機能若吃得太營養，不僅會養大正常細胞，更會助長癌細胞，導致有些患者開始厭食、不敢吃太多食物，因營養不良而產生惡病質，「最後患者竟是餓死，而不是病死。」吳彰哲感嘆的說。

為了幫助癌症患者找出新生機，吳彰哲成功建立肺癌惡病質小老鼠實驗模式，從中研究出惡病質的分子路徑，也就是惡病質的產生機制，並透過魚油、中草藥等全營養介入方式，讓癌症患者吃對營養。當中，吳彰哲證明癌症患者在治療過程，可透過添加富含不飽和脂肪酸的 TG-Form 魚油及含酵母硒的醫學營養補充品，來提升免疫力，並降低患者產生惡病質之機率，以提升癌症患者存活率。

關懷環境，重視生命，吳彰哲懷抱著神農嘗百草的精神，一次次透過食物、植物的研究，提出領先世界的創新驗證，他的研究貢獻無可限量。未來，吳彰哲亦將繼續發揮創新探究精神，為癌症病人，或深受病毒危害的病患找出新生機，並幫助人類提升健康、延續生命。

STORY

10

闖蕩微物世界 靠的是耐心與經驗

微小菌絲竟是降血糖大功臣

持續研究看不見的微生物，為人類挖掘與身體機能相關的寶藏。（照片提供：蔡國珍）

你知道嗎？一個小小的活性菌體竟然可以發揮大大的功效，不同種類的菌體可能具有抗發炎、抗憂鬱、降血壓、降血糖、降血脂、降尿酸等功能，而海洋大學前副校長、食品科學系教授蔡國珍，花費近二十年的時間投入相關研究，至今累積出相當豐碩的技術成果，並獲得學術與市場雙重肯定，貢獻頗鉅。

其實，蔡國珍這一路的研究過程並不容易。她原本專攻研究更具效益的微生物檢測技術，但由於臺灣檢測市場有限，這樣的研究內涵容易遇上開發瓶頸，也不易被廣泛運用，「我不想要研究只能束之高閣。」於是蔡國珍決定給自己新的挑戰，轉向研究微生物發酵等相關技術與應用。

以臺灣人健康訴求出發　為七億人找解方

這個改變後來成為蔡國珍近二十年來學術研究的主幹，她不斷思考著：如何透過微生物發酵技術，篩選並生產出對人們有利、對市場有用的菌株。當時，她考量臺灣人的健康訴求，先把研究方向鎖定可協助調節血糖的酵母菌。

根據二〇一六年世界衛生組織的統計指出，全球有超過四億人正為糖尿病所苦，預估二〇二五年，糖尿病患者數將突破七億大關，而臺灣目前則約有一六〇萬名糖尿病患者，經過不斷試驗，蔡國珍終於為這些患者找到新解法。

關鍵來自一株獨特的活性菌株，蔡國珍經過實驗證實，這株菌株明顯具有降低空腹血糖、OGTT二小時血糖、血脂及體脂肪等功效，「這項成功是個新契機，促成我日後一連串的相關鑽研。」蔡國珍指出。

為了進行這項試驗，蔡國珍從北到南收集了臺灣各地的土壤，就連學生放暑假回家鄉，她也會請學生幫忙帶一把當地的土壤回海大。之後，她便從許多土壤中找出上百株酵母菌株，再從中篩選出一株可調節血糖的活性菌株，並建立酵母菌調節血糖活性物質生產條件，將菌株活性提高五・八五倍。這成果很快受到業界關注，並於二〇〇九年技轉給廠商，二〇一七年還陸續獲得臺北生技獎之技轉合作銅獎，及臺北國際發明暨技術交易展鉑金獎，二〇一八年更是獲得國家發明創作銀牌獎。

除了篩選及開發活性菌株外，蔡國珍利用她擅長的微生物發酵技術，試著從對環境友善的農業廢棄物著手。譬如她以適當菌株發酵大豆豆粕，開發出具抗肥胖、調節血糖活性的營養添加劑，也運用蝦殼廢棄物及咖啡渣研發出具調節血糖與血脂等功能的產物，這些成果都受到市場關注，有些已技轉給廠商。

與微生物過招　用心挖掘寶藏的探險家

立基於微生物發酵技術，務實的蔡國珍思考研究主題都以「應用」為出發點，「而且只要對人類與社會有幫助，我都會想要試一試。」蔡國珍笑說，她始終認為研究的意義在於應用，才能更彰顯研究的價值。

在這一連串的鑽研中，靈芝也是蔡國珍重要的研究素材。她指出，靈芝具有多重調解身體機能的功效，如抗發炎、降血壓、降血糖、降血脂、降尿酸等；換言之，人體內若有某幾項物質分泌過於旺盛，有時可透過靈芝所含的多種活性成分來扶正體內指數，因此對維持人體健康很有幫助。

多年前，曾有人無意間詢問蔡國珍是否有研究 GABA（γ-胺基丁酸）。乍聽這個名詞，立刻引起蔡國珍的好奇。研究過後，她發現 GABA 能幫助人體調解神經傳遞物質過度分泌，而且許多精神官能症患者體內常發現 GABA 不足，也因此開啟了蔡國珍一連串對 GABA 的研究。起初，蔡國珍透過魚腸道乳酸菌的篩選機制找到了 GABA 生產菌，進而開發出抗憂鬱活性的乳酸菌發酵飲品，一在發明展亮相即獲市場關注。接著，她發現靈芝也會生產 GABA，她又開始思考人們如何食用它？接著，她將不同營養特性穀物調配一組蛋白質含量高的穀物配方，利用靈芝進行轉換，證實靈芝處理後的複合穀物在人體的吸收率大為提升，是消化率減弱的銀髮族很好的營養食品。同時，此種靈芝發酵穀物因含 GABA 與三萜類化合物而有腦神經細胞保護，以及抗憂鬱與助眠效果。

微生物諸如乳酸菌與酵母菌，看似微不足道的存在，只要用心研究，即可發現奇大功效。蔡國珍就像個探險家，不斷走進人們陌生的知識範疇，從中挖掘出尚未察覺的寶藏。問她為何可以領先找出新知？她笑著說：「耐心與經驗是關鍵。」她也期盼培養出更多相關技術人才，讓微小生物繼續綻放巨大光芒。

> 研究的意義在於應用，才能更彰顯研究的價值。只要對人類與社會有幫助，我都會想要試一試。

STORY

11

磨潤生醫與工程 讓臺灣工業硬實力再升級

發明新型心臟瓣膜、電化學噴嘴

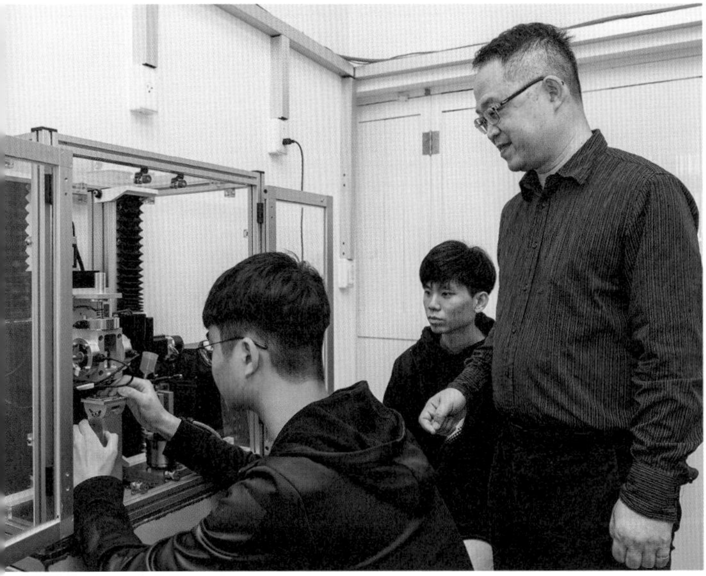

周昭昌教授和學生積極投入產業的跨域研究，為永續盡一分心力。

憑藉關鍵零組件與優質工業實力，臺灣在全球自動化與工業創新領域扮演舉足輕重的角色，除了產學間密切合作，還有無數頂尖人才熱情投入研發，讓無數創新應用得以問世。海大機械與機電工程學系教授兼副研發長周昭昌過去曾在羽田汽車、上銀科技與羅技電子任職，他從自身擅長的磨潤學出發，跨足工程與生醫，發明專利「電化學噴嘴」不僅拿下臺灣創新技術博覽會發明競賽金牌獎，還取得美國發明專利三件、臺灣發明專利五件，成果豐碩。

從「心」出發　投入跨界研究與育才

磨潤學跟工程、機械密不可分，舉凡生產線上機械手臂的運轉與傳動、觸控螢幕上薄型強化玻璃的加工，乃至於消費性電子產品，都與這門學問有關。周昭昌教授擁有流體力學、破壞力學、材料分析等領域專業，加上產業的豐富歷練，卻在二〇〇四年時決心轉換跑道，回到大學殿堂專注研究與培育人才。

原來，周昭昌的父親患有心臟疾病，過去曾接受過三次人工瓣膜手術，後來還是不敵病魔、撒手人寰。他回憶起當年：「我的父親是公務人員，他認為我讀了這麼多的書，應該對社會更有貢獻，而他最大的願望，就是我能成為老師。」於是，周昭昌於二〇〇五年來到海大任教，也因為父親的疾病，讓他有機會認識人工心臟瓣膜，開啟後來跨界研究的契機。

「當時因為和基隆長庚醫院合作的機緣，加上校內幾位老師的邀約，讓我有機會思考如何結合精密機械加工與生物醫學，展開國產機械心臟瓣膜的製程技術和開發模式，製作出現有的新型聯動式雙瓣瓣膜，能改善傳統機械心臟瓣膜容易產生空蝕及磨損的問題。」周昭昌指出，目前這項設計已取得兩項美國發明專利與臺灣發明專利，同時也已在體外循環系統進行初步測試，並逐步達成瓣膜作動時血管的血液動力流場模擬與分析。未來若通過人體實驗後，必能造福更多心臟病患者。

新型機械聯動式雙瓣瓣膜可以改善傳統機械心臟瓣膜容易產生空蝕及磨損問題。

新型噴嘴提高良率　師生攜手創新奪金

而一舉拿下臺灣創新技術博覽會發明競賽金牌獎的電化學噴嘴，又是另一段師生教學相長的故事。二〇一九年，當時在中國江蘇海洋大學擔任講師的博士班學生王曉麗來臺求學，並向周昭昌請益，師生合作共同研發出新型的電鍍噴嘴，可在常溫中進行選擇性局部電鍍，不僅噴鍍後表面均勻、效率高，可運用在大面積的電沉積與電蝕刻，也特別適用於惰性粒子與金屬之複合電沉積的製程。

「新型噴嘴的原始構想，源自為了在觸控螢幕的薄型強化玻璃上加工，所以製作出複合電沉積鑽石的微型銑削刀具，可以增加硬度、減少摩擦及震動，讓這些硬脆的材質在細部加工時不致破裂。」周昭昌指出，這項發明能夠提高噴鍍的效率，改善一般電鍍噴嘴在大面積加工時不易均勻的缺點，不只可應用在觸控螢幕的玻璃，連陶瓷、電路板等都適用，能大幅提升高精密加工技術的良率，讓臺灣工業硬實力更上一層樓。

鏈結產學合作　本持初心永續未來

科學與發明是為了解決問題而產生，近年來，永續思潮方興未艾，投入綠能發展成為顯學。周昭昌的研究由電化學噴嘴朝向應用類似學理的儲能技術努力，包括解決再生能源發電不穩定的液流電池，以及結合再生能源的監控系統。他也積極鏈結產業資源，透過產學合作，帶領學生在海洋大學建置東北角首座風力與太陽能發電結合液流電池技術的驗證場域，完成無線遠端數據擷取、監控並模組化，未來將進一步結合海洋能源持續展開實測運用。

以創新觸類旁通，以多元跨域展開研究，周昭昌本著初心，持續發揮影響力，培育未來專業人才。他表示：「無論是高科技或綠能產業，我會持續投入開發先進材料與特色技術，協助提升產業生產製程能力，也陪伴更多年輕世代一起發現未來。」

STRIDE FOR YOUR DREAMS

CHAPTER 2

為理想
多走一哩路

培育具備人文素養的科學人才，透過大學社會責任專案，以及海洋文化、海洋教育、海洋法律、跨文化交流等知能拓展，為臺灣海島延續鮮活的生命力。

STORY

12

海底造林 興旺「三漁」

肩負使命鏈結資源 復育漁場因地制宜

說起基隆北海岸和馬祖地區，兩者有什麼相似處？答案是這兩個地方都擁有全臺灣最棒的海藻生長地。

為了因應氣候暖化帶來的影響，近年來各國政府企業紛紛吹起「造林」風潮，以達到減碳功效。海大師生以生長迅速，能吸收大量二氧化碳、兼顧生物多樣性的海藻，作為「邁向永續」的明日之星，在基隆、馬祖兩地的海裡造「海藻林」，一來減緩氣候變遷的衝擊，二來等海藻林生成後加上附生的貝類等生物，還能恢復漁業資源，這也正是海大「三漁興旺──國際藍色經濟示範區」USR計畫中的一環。

但什麼是「三漁」？擔任計畫主持人的海大副校長莊季高解釋，三漁指的是漁業、漁村和漁民。他曾聽漁村耆老描述，過去在基隆北海岸，總有撈不完的花枝、花蟹等海產，漁民往往搭上小船、竹筏，出海幾個鐘頭便能收工，可惜隨著臺灣海洋過度捕撈，加上全球氣候變遷，漁獲量大幅減少。漁業枯竭連帶著年輕人口大量外移，導致漁村和漁民老化，基隆、馬祖等地漁業蕭條，漁村和漁民將無以為繼。「聯合國永續目標」已是全球共識，「海大作為全臺唯一一所國立的海洋大學，有海洋各領域的專業知識與人才，且位於北海岸旁的基隆，在馬祖又設有分校，看著漁業、漁村、漁民逐漸凋零，我們有責任也有使命，要讓三漁再次興旺。」

蝦兵蟹將的永續復育之路

於是，二〇一七年起，海大劃定八斗子漁港、基隆嶼、新北市貢寮卯澳灣和馬祖南、北竿等區域，並針對三漁中的「漁業」，由團隊裡水產養殖系教授提出「雙花（花枝、花蟹）復育計畫」，積極開發海洋生物復育技術，設計出獲得專利的「附卵器」和「放流裝置」，讓花枝能直接產卵在新型模具上，方便團隊拆卸、調整，不僅能避免受傷，還能提高工作效率。

莊季高笑稱，後來漁民知道海大在復育花枝，還會主動將花枝誤產在漁船、漁具上的卵，交由團隊孵化和育成，「這代表在我們的努力下，漁民保育和復育的觀念有進步了。」目前，團隊每年放流五千尾花枝苗、一萬顆花枝受精卵，致力從復育北海岸的海洋資源開始，帶動臺灣漁業邁向永續。

在復育海洋生物之餘，團隊也聚焦魚貨的加值，以帶動漁業升級。一般來說，漁民捕撈到的魚貨無法長期保存，例如九孔就有產季過度集中、短時間供需失衡與難以存放等問題，但團隊

海大團隊串連漁村海藻特色，設計海洋教育遊程。（照片提供：莊季高）

陸續研發出「雞湯雙享九孔鮑泡麵」、「九孔鮑干貝醬」等創意加工食品，不僅延長保存期限，還大幅提升附加價值。莊季高強調，九孔鮑泡麵以雞湯做底、杏鮑菇做點綴，透過高溫殺菌技術，將整塊新鮮九孔肉保存在鋁箔袋中，最後讓整包泡麵吃起來有「雙響鮑」的口感，「非常美味，很受歡迎！」

但在欣喜於九孔鮑泡麵成功的同時，莊季高認為不能光靠食品加工，還應該增加對觀光產業的扶植，帶動遊客造訪，「八斗子作為基隆最古老的漁港，有深度的文化及故事，很適合包裝成觀光遊程，並讓年輕人願意回流、進駐，擁有不同的工作選擇。」他舉例，早年在枯水時期，八斗子漁民會用海水熬煮薯榔汁液，將白棉線織的漁網染色，形成獨特的「薯榔海水染」文化。有鑑於此，團隊和八斗子產業觀光促進會合作，一方面將「薯榔海水染」轉譯成體驗行程，還架設網站，發揮行銷創意，協助推廣遊程。剛開始，活動只接散客，沒想到逐步做出口碑後，現在已成為基隆固定的旅遊行程，也藉此傳承在地傳統文化和漁村技藝。

人工培育藍眼淚　打造互動生態體驗

場景轉換到馬祖地區，雖然目標一樣是「讓三漁興旺」，但團隊因地制宜，做的事又和基隆有所區別。眾所周知，馬祖最出名的就是「藍眼淚」。每年四到六月都有無數旅客登上島嶼，只為一覽藍眼淚大爆發的美景。莊季高指出，為了促進當地觀光，海大研究團隊在妥善環評後，著手引入藍眼淚培育技術，穩定培養「夜光蟲」，供藍眼淚生態館展示，讓遊客一年四季都能觀賞藍眼淚。近來，團隊還打算建立生態教育體驗小池，讓遊客在用手體驗「掬一把藍眼淚」之餘，也能赤腳踩進體驗小池，享受被藍眼淚包圍的感受。

其次，由於馬祖地處偏遠，醫療資源相對匱乏，海大便串連校際間資源，聯合臺北醫學大學、國防醫學院的學生，與連江縣政府合作，為漁工和社區居民講授「基本救命術訓練課程」，以加強

海大團隊和八斗子產業觀光促進會合作，帶遊客體驗獨特的「薯榔海水染」。（照片提供：莊季高）

急救知能。同時舉辦義診、醫療講座等活動，完善當地的健康促進體系。另外，整個馬祖沒有補習班，許多學生需要課輔資源，海大同學便擔任英文、數學等重點科目的小老師，「我們的學生收到好熱烈的迴響，馬祖校區有超過一半的同學主動報名。」莊季高強調，即便過去三年遇到疫情，團隊仍採線上遠距輔導的方式，協助當地學生降低學用落差。

長此下來，團隊逐步為基隆和馬祖帶來新活水，「我們的學生真的留下來了，而且都不是在地人。」莊季高驕傲細數，現在基隆區漁會的職員，起碼有四位海大畢業的學生，透過運用電商和社群的專業推廣在地魚貨；而走進國立海洋科學博物館，也有數位海大畢業的導覽解說員，不僅中英文俱佳，還能以深入淺出的方式，為遊客講述海洋奧祕。

做出口碑複製模式　擴增在地經驗輸出海外

愈做愈有口碑的三漁興旺計畫，如今其成功模式已慢慢複製到基隆大武崙、外木山、長潭里等其他漁港。更重要的是，團隊力量還擴散到國

「三漁興旺」計畫運用生動的插畫串起在地特色與資源。（圖片提供：莊季高）

際。像是海大便與越南、菲律賓、波蘭等國的大學合作，輸出技術與人才，協助當地水產養殖快速發展；眼見日本地方創生走得快，團隊也積極向日本取經，在辦理培力工作坊、邀請產官學界共同參與討論後，將當地經驗導入課程中，培育臺灣地方創生的種子。

從漁業到漁村和漁民，從基隆、馬祖到越南、菲律賓、波蘭等國家，海大傾力運用校內各領域資源，用水產養殖、海洋環境與生態、海洋觀光管理、食品科學等專業，帶動地方發展，鏈結國際，讓三漁重返暢旺。莊季高期許，接下來這些從海大孕育出來的能量，能持續擴散到臺灣以及世界其他需要幫助的角落。

> 海大作為全臺唯一一所國立的海洋大學，有海洋各領域的專業知識與人才，我們有責任也有使命，要讓三漁再次興旺。

STORY 13

傍海梯田成打卡點 貢寮重見新希望

在地藝術帶來人潮 九孔王國華麗變身

位居臺灣東北角的貢寮，東臨太平洋，西有雪山山脈，山海齊聚的景致，造就養殖業、農業的發達，加上核四坐落當地，讓貢寮在新北市中，獨具一格。可惜近年來受到時代變遷、漁村沒落、核四停擺、少子化和高齡化等因素影響，貢寮遭遇人口持續外移的困境。

不過，最近的貢寮似乎有點不一樣了。

第三屆「貢寮水T藝術節」，在二〇二三年六月下旬登場。來自澳底國小、貢寮國小的學生，以及在地社區、各地民眾與兒童繪本畫家，一同在飄揚於雞母嶺水梯田的六百件白色T恤上，畫出屬於自己和家鄉的故事。除了重現在地人兒時滿山梯田的美景，也為貢寮帶來滿滿人潮。

為地方注入大學的資源、能量與技術

能在短短時間找回這番榮景，絕非易事。一切，得從海大的「逗陣來貢寮——打造共生共存共享的山海美境」USR計畫說起。計畫主持人同時也是海大研發長張文哲指出，一直以來，海大的老師都因為研究關係，和貢寮保持密切關係，也從中發現當地山與海暗藏著隱憂。

飄揚於雞母嶺水梯田的六百件白色Ｔ恤，在「貢寮水Ｔ藝術節」訴說家鄉的故事。（照片提供：張文哲）

例如貢寮素有「九孔王國」之稱，近年卻因為養殖池水質劇變，導致水產動物染病、產量大減，加上現今全球漁獲量大減，貢寮同樣無法倖免。在山的部分，當地水梯田由於長期休耕，早已呈現一片荒蕪。至於地方發展，貢寮是出了名的人口大量外移、高齡化地區，根據統計，貢寮六十五歲以上的老年人口，相對〇至十四歲幼年人口的比例，為全臺的二倍之高，「顯然，這是一個亟需照顧的地方。海大是距離貢寮最近的大學，當地又濱臨太平洋、以養殖業為生，符合我們的專業，我們本來就該過來，幫他們找回希望。」

用創意活絡偏鄉　藝術復興雞母嶺

有鑑於此，張文哲帶著海洋事務與資源管理研究所、食品科學系、應用經濟學系等教師進入貢寮，以海大作為平臺，集結貢寮區公所、新北市政府、當地農漁民組織、企業等各方力量，依據貢寮山、海的不同特性，期望在兼顧生態保育下，協助地方產業升級，改善農漁民生計，進而帶動偏鄉聚落發展。

以山來說，昔日擁有兩百多甲水梯田的雞母嶺，其實扮演天然蓄水池角色，一旦復耕，不僅能種植農作，還兼具保全環境生態系的功能。因此，計畫頭一年，只見一群師生戴上斗笠、穿上袖套，拿著鋸子和鋤頭，辛勤去除梯田上的荒煙蔓草，不少學生剛開始連鋤頭都抓不好，最後卻能發揮創意，利用劈砍下的樹枝、竹子，製成鳥巢、拱門等裝置藝術，現已成為地方熱門打卡景點，後來甚至帶動農民紛紛主動加入復耕行列，進而促成「水Ｔ藝術節」的誕生。

而針對農業、漁業的升級，食品科學系的教授一方面利用當地盛產的山藥、九孔等漁獲和農產品，研發出山藥冰淇淋、山藥蛋糕、九孔鮑ＸＯ醬等新品，創造農漁產附加價值；同時，因疫情期間餐廳無法營業，農產品跟著滯銷，團隊便協助農民將農產品包裝成蔬菜箱，再利用團購、電商等新興方式銷售，均斬獲佳績。

在改善生態環境、繁榮產業之外，團隊還注意到人口老化下的照護議題，也是地方面臨的一大困境。貢寮老齡化程度嚴重，整個區域卻只有一間診所。對此，團隊與三軍總醫院基隆分院合作，在社區內供餐、宣導衛教知識。食品科學系的教師則特別為長者調配菜色，研發出保鮮又美味的營養便當，讓長輩在家也能自行用電鍋復熱，「我吃過，加熱後依然保持美味，很好吃！」張文哲笑稱。

團隊不僅要讓長輩吃得營養，還要朝「活躍老化」目標邁進。為了帶行動不便的長者走出家門，二〇二三年四月，運輸科學系的教師設計出一套共乘機制，居民只要透過ＬＩＮＥ線上預約，就能搭上「共乘交通車」，滿足外出交際、購物、就醫等需求。張文哲強調，共乘交通車並非只為了當地居民，未來還能作為旅遊路線的接駁車。

始於海更還於海　文化傳承青年回流

隨著貢寮第一期三年計畫結束，梯田復育、創新產業、培育人才和改善居民生活等面向，都獲得初步成果，未來五年，團隊除了立基於貢寮的里山、里海，還要兼顧河川與環境，持續挖掘在地特色，推動產業發展，以吸引青年回流。「山是海的戀人，河流則是他們的媒人，若沒有河川這個媒人，戀人就無法在一起了。」張文哲打趣道。

更重要的是，「我們期望在地人能以身為貢寮人為榮，感受自己生命的價值。」張文哲提到，接下來團隊將推行「貢公貢嬤」計畫，邀請外國人與臺灣年輕人到長者家中「打工換宿」，從耆老身上挖掘出一個個精彩的故事。像是很少人知道，貢寮有「海男海女文化」，長輩們常常是簡單的蛙鏡一戴，就潛入海底採石花菜。未來，團隊會在貢寮各處打造「移動美術館」，將蒐集到的珍貴資料、在地文化融入其中，並希望未來可以在全臺舉辦巡迴展，讓更多人願意造訪貢寮，甚至被吸引而留下。

所謂「一個人走得快，一群人走得遠」。如今，海大貢寮ＵＳＲ計畫團隊已從最初的四位老師，一口氣擴增至十一位。張文哲笑稱，每回開會，所有老師總是拋出一個又一個點子，七嘴八舌的討論該如何實踐，「他們滿懷熱情，從來沒人想過ＫＰＩ、談論經費多寡。」而有些參與過計畫的學生，畢業後也回到家鄉，貢獻所知所學。張文哲說：「為貢寮創造『共生共存共享』，絕不只是一個ＵＳＲ計畫，而是一趟美好的旅程，令參與其中的所有人，生命都因此更有意義！」

貢寮的海女常常是簡單的蛙鏡一戴，就潛入海底採石花菜。（照片提供：張文哲）

STORY

14

打造國際旅遊島

妝點和平島特色 傾聽島嶼的豐富故事

五月的週末假日，走到海大對面的小艇碼頭，會發現場面熱鬧非凡。只見海大共同教育中心教授曹校章正扯開嗓子，向在獨木舟、風浪板和龍舟板上或站或坐的學員們傳授駕馭技巧，「五月還只是小 case，到了暑假，這裡會變成全臺灣來客數最多的水域活動體驗地。」被熾熱陽光曬得一身黝黑的曹校章說。

從獨木舟體驗、立式划槳（SUP）到小艇駕駛課程，曹校章帶領的運動休閒活動其實都是海大「和平之夢：打造國際旅遊島」USR計畫的一部分。這項以和平島和周邊區域為中心開展的計畫，目標是以永續發展為核心，透過地方創生，將這個距離臺灣最近的離島，打造成「國際旅遊島」。

曹校章表示，從海大到和平島只需要過個社寮橋、走路十分鐘便可抵達，彼此本來就是鄰居，也因為距離近，海大師生造訪和平島公園、到島上吃海鮮，都像回自家般自然。師生也因此都知道這座島嶼擁有三天三夜都說不完的豐富故事。像是和平島上的自然景觀得天獨厚，有著不輸野柳的海蝕地形，加上位居北臺灣門戶，曾吸引西班牙人、荷蘭人和日本人在此留下足跡。而臺灣光復後，籌建大造船廠成為國家重要經濟建設之一，位於島上的臺灣國際造船股份有限公司基隆廠，最大可

立式划槳等豐富多元的課程，讓和平島周邊成為水域體驗活動熱區。

造三十萬噸級的油輪，名列當時世界造船能力前二十名，興盛時期員工人數達六至七千人，連帶帶動周邊產業發展。

祕境與傳說 少為人知的「王爺遊江」

可惜隨著造船產業逐漸沒落，年輕人口外流嚴重，和平島上隔代教養、原住民及新住民等相對弱勢家庭的比例大幅提升，社區逐漸邁向老化與凋零。曹校章說：「和平島曾是那麼輝煌的地方，又在海大門口，我們自然當仁不讓。要做USR，就該先把家門口顧好。」於是自二〇一八年起，海大結合海洋文化研究所、水產養殖系、文創設計系等不同領域的師生，在深入了解和平島的歷史、產業和文化特色後，決定從文化資產、觀光旅遊、運動休閒、文創設計和數位再現等面向出發，致力將和平島的美好再現遊客面前。

例如媽祖繞境是臺灣最為人所知的民俗活動之一，但所謂「落海靠媽祖，起岸靠王爺」，對漁民來說，漁獲的多寡還得靠王爺庇護。社靈廟是和平島聚落的信仰中心，擁有當地獨特的「王爺遊江」文化。每年池府王爺誕辰日，由十幾艘

漁船組成的繞境船隊從外木山漁港出發，一路護送王船巡繞八斗子、深澳、金山磺、龜吼和大武崙等漁港，祈求王爺庇佑漁民海上作業平安、漁獲滿載。

「聽起來是不是很迷人？你是遊客會不會想參加？肯定會嘛！」曹校章提到，有鑑於此，海大團隊將「王爺遊江」包裝成套裝遊艇遊程，在繞行各個港口時講述王爺信仰、基隆傳統漁村文化等地方故事。結束行程後，還能購買由學生精心設計的繪本、王船馬克杯和特殊漁法馬克杯等文創商品。

同時，團隊還以平寮里、社寮里等地的社區發展協會為據點，建立和平島「海遊學堂」。其中，水產養殖系、海洋文化研究所、教育研究所的師生，會依照自身專業，將地方產業資源與海洋科學、生態、永續等議題結合，開發出具和平島特色的海洋教育教案，讓在地學生、遊客用趣味的方式，了解和平島、提升海洋素養。例如「給漁民的禮物」課程，便會帶領地方學童、外來遊客到鄰近的阿拉寶灣淨灘，接著再將海洋廢棄物帶回學堂，進行彩繪再製。

寓教於樂小學堂　深入「潛」出的永續課

在文化遊程、海洋課程之外，小艇碼頭和周邊水域也是發展水上活動的絕佳場域。但曹校章不希望活動只是純粹的玩樂，還要賦予海洋教育意義。近幾年，他與基隆市體育休閒推廣協會、觀光局北觀處等單位合作，舉辦「深潛淨海」活動，在潛水之餘，還順便清除海中的浮球、保麗龍、寶特瓶等廢棄物，達到教育宣導目的，「『永續發展』是我們最重視的事。」

正因為要發展永續的觀光產業，深耕當地的商家才是重點，在遊客結束遊船、獨木舟等行程後，來到和平島的餐廳、店家用餐、購物時，曹校章總要商家不只備好石花凍、粉圓冰等餐點，還要能向遊客聊些島上趣事、石花凍的採集方式等，吸引遊客的興趣，「將遊客留下的關鍵是商家，因為那是他們做了一輩子的事，這些故事由他們講起來，才最專業、吸引人。」而在團隊的鼓勵和協助下，有些商家已積極響應，例如和平島上大名鼎鼎的「藍媽媽水餃」，老闆娘不僅會親自指導遊客製作海藻水餃，信手拈來都是一個個精彩的和平島故事。

朝著「打造國際旅遊島」的目標邁進至今，海大團隊成果豐碩。造訪和平島公園的遊客人數已從二〇一八年的三十萬人次，暴增至一年六十萬人次。進入和平島的遊客也日益多元，除了一般遊客，還能看到其他大學社團、ＮＧＯ組織的身影，近來，還有企業來此舉辦員工旅遊與教育訓練。另外，「海遊學堂」也帶起創業風氣，由教育研究所學生創立的「水村坊」，更投入海洋教具教材的製作，提供海廢藝術創作、魚標本等各種教材。

在團隊師生、在地居民努力下，隨著後疫情時代來臨，如今，搭乘郵輪、來自世界各地的遊客從基隆港下船後，除了造訪陽明山、故宮、士林夜市、九份和金瓜石等知名景點，還能藉由和平島的王爺遊江之旅、海廢藝術創作課程與各項運動休閒體驗，感受臺灣人的熱情與活力。

海大除了舉辦遊程外，也發起淨海等永續守護海洋活動。（照片提供：曹校章）

STORY

15

厚植人文素養 廣納探討海洋議題

全臺首創
獨一無二海洋文化研究基地

「『臺灣錢淹腳目』發生在哪個年代？『正港』的由來是什麼？『孔廟』也涉及海洋文化？」課堂上，海洋大學海洋文化研究所教授卞鳳奎向臺下睜著晶亮眼睛的學生，拋出一個個問題。

眼見學生露出疑惑的表情，卞鳳奎進一步解釋，或許大多數人覺得「臺灣錢淹腳目」，指的是二十世紀下半葉、臺灣經濟起飛的年代，但其實早在清朝康熙年間，臺灣土壤肥沃，移民來臺拓墾，處處充滿機會，來臺灣發展與賺錢相對來說比中國容易，說明了臺灣對於移民的吸引力。到了清朝中後時期，臺灣經濟蓬勃發展，各地新建寺廟或宅第時，主人或倡建者會派人回閩粵故鄉，以大陸數倍的高薪聘請良匠。因此，清朝留存至今的臺灣傳統建築可見到明顯閩粵風格。例如位於鹿港的龍山寺，它是臺灣最古老、規模最大的龍山寺，道光年間進行修繕時，聘請大陸匠師施作。宅第如新北市的蘆洲李宅，聘請江西名風水建築師廖鳳山來臺設計。匠師來臺，會將泉州的石材運用在臺灣建築，所以我們看到寺廟或宅第有用泉州石作為裝飾，一定屬於「古蹟」的層級，蘊含豐富的海洋文化元素。

清朝海運發達，為了預防走私、偷渡，政府設定了「港對港」的機制，即以臺南安平港作為大陸人民往來及貨物進出的檢查港口，稱之為「正港」，倘若人民往來或貨物進出不是從這個港，就是走私、偷渡，是不合法的。至於日本那霸市、長崎市以及東京市等地興建的孔廟，正是中華儒家文化「出海」的證明。卞鳳奎說：「這些，全都是海洋文化的一部分！」絕無冷場的課堂，令學生聽得嘖嘖稱奇。

課堂思辨　鑑往知來與海洋對話

事實上，海洋大學在海洋文化的耕耘其來有自。例如二〇〇七年時，海大正式設立全臺唯一以海洋文化為教育和研究主軸的學術單位——海洋文化研究所，這在以理工科系見長的海大中，格外獨特，至今不斷為校園增添人文思維與氣息。

卞鳳奎解釋，海大位於基隆，緊鄰基隆港，生活在當地的人們平常以捕撈、開船維生，因此一九五三年學校成立時，首屆招收駕駛科、輪機科、漁撈科學生等實用技能為主。但當社會逐步享有經濟成果，生活品質進步到一定程度，二〇〇〇年以後，國家開始重視海洋教育、陸續發布《海洋白皮書》和《海洋教育政策白皮書》，以及深層海洋文化意識與素養的培養，希望能兼顧整體性、多元性，而海文所的設立，便成為厚植價值、培育相關人才的關鍵。

在海文所成立，逐步厚實海洋文化史、海洋文學、海洋社會科學、海洋運動休閒、海洋文化觀光、海洋文資保存與治理等領域的知識後，海大又緊接著將海洋文化的因子向大學部擴散，開設相關通識課程，期望在探討人對海洋的意識、與海洋互動的空間格局、跨海移動的人文特性，以及依海營生人地關係與生活世界的過程中，協助學生將出路愈走愈寬。

卞鳳奎強調，不論是海文所的研究生，還是修習海洋文化領域通識課程的學生，都能感受到海洋文化期望傳遞的「思辨」、「對話」等核心精神。要是走進他在海文所開設的「海洋文化觀光資源與規劃專題」，就會發現人人爭相發言，討論風氣相當熱烈。

大學念觀光系、研究所選擇海文所的蕭學鴻透露，老師在基本理論的講授外，還經常分享一個個國內外案例，並會帶學生參訪國內重要景點、前往國外與姊妹校交流，創造反思空間。最近他們就剛從金門看完洋樓、戰地景點等歷史遺跡回來，他自己也收穫滿滿，「其實不論從事哪個行業，國際觀、包容心都是必要條件。海洋文化領域課程，就是希望為我們創造以海洋宏觀的視野，看待任何人事物的能力。」未來有意進入觀光業的蕭學鴻認為，目前臺灣海洋相關領域的人才尚未飽和，藉由所上課程，一方面增加海洋知識和素養，同時也能累積與人溝通的經驗，對於日後進入業界絕對有幫助。

海洋文化接地氣　看見臺灣新觀點

退休後才重拾課業、前來就讀海文所的吳培瑄，本身就為課堂增添多元性。卞鳳奎笑稱，吳培瑄畢竟在社會歷練過，往往能從不同視角切入問題，例如探討「臺灣該如何被世界看見」的議題時，吳培

海大海洋文化研究所是全臺唯一以海洋文化為教育和研究主軸的學術單位。

瑄便能在常見的民間信仰文化、在地特色美食小吃、壯闊山海景色等層面外，看見臺灣科技、海洋的產業力量。吳培瑄自己也很享受這段學習歷程，「重返學校至今，跟著老師、同學探索海洋信仰、觀光、移民、文化等不同領域的知識和觀點，學習後才發現，海洋實在和生活周遭息息相關，不僅擴展視野與思維，更能豐厚人生價值與競爭力。」

而卞鳳奎開設的「臺灣文化史」、「日本文化」、「臺灣海洋文化與觀光產業」等通識課，同樣吸引來自商船、輪機工程、海洋環境資訊等全校各系的學生修習。他指出，大學部雖然不像研究所學生一樣，需要深入挖掘議題、寫論文，但這些學生可能是未來的船長、水手、船用機械師和港口工程師，需要往返全球各地，長時間與來自世界的人相處，因此必須擁有對不同國家海洋文化的基本認識。卞鳳奎透露，許多學生聽課聽出興趣，儘管課程都結束了，仍會拉著他探討臺灣文化、日本文化，後來在他的推薦下，有學生成功前往關西大學、早稻田大學、琉球大學讀博士班或是當交換生。

海外姊妹校力邀合作　跨國交流教學相長

如今，海大耕耘海洋文化的教學與研究成果已聲名遠播，像是海文所的師生，便屢屢在國內外研討會發表論文，參與競賽獲獎。關西大學、神奈川大學、山口大學、上海海洋大學、廈門大學等中國、日本的姊妹校，紛紛主動叩門，希望進行國際交流。曾任海文所所長的卞鳳奎也親自帶隊走訪中國、日本等地，「國外的教授、學生總愛問，海洋文化到底是什麼？真的無所不包嗎？但在和我們的學生交換意見後，他們都能感受到海洋文化的重要與博大精深。」卞鳳奎說。

海納百川，有容乃大。學生藉由修習不同領域的海洋文化知識，了解各國因海洋而生的歷史、港市、風土習俗，感受海洋與世界的廣闊；而海大與時俱進、持續不倦深耕海洋文化，則為文化研究與產業人才的培育，開拓出具海洋特色的新天地，也厚植學生在職場的競爭力。

STORY
16

島國子民的海洋素養課

海洋防災從小教起　書寫海洋教育序章

張正杰教授積極倡導海洋防災，深耕海洋教育。（照片提供：張正杰）

現任國立臺灣海洋大學師資培育中心暨臺灣海洋教育中心主任張正杰，十多年前擔任海大師資培育中心助理教授時，某次在美國網站上看到統計數據指出，國外的溺水事件有八成是由離岸流所引起，但當時臺灣民眾卻連何謂「離岸流」都還不太清楚。於是，他著手撰寫種子培訓計畫，積極倡導海洋防災，逐步帶領全臺師生認識離岸流和瘋狗浪。一路推動至今，十多年來已影響數千位老師、向數萬名學生進行宣導。

張正杰的舉動，不僅拉開海大讓海洋教育從大學向十二年國教扎根的序幕，也在二〇二二年獲得「社會教育貢獻獎：個人獎」。

說起獲獎，張正杰相當謙虛，他感謝該獎項審查委員對自己多年深耕海洋教育、海洋防災、科普教育及科技教育努力的肯定，且對於臺灣海洋教育中心所被賦予的任務和海洋教育未來持續推廣的規劃與藍圖，張正杰更是滔滔不絕、充滿強烈的使命感。事實上，二〇一三年成立的臺灣海洋教育中心，由教育部協助設置，張正杰笑稱，別以為中心設在以海洋專業為特色的海大是理所當然，「這是許多老師們合力、極力爭取來的！」

他進一步解釋，臺灣四面環海，國民本應具備基本海洋素養，然而在歷史因素影響下，解嚴前，人們普遍被告誡「不要去海邊」、「海邊很危險」，因而國民生活長期與海洋隔絕，海洋教育在過往更是長久地被忽視。二〇〇〇年後，隨著時代更迭，國家逐步調整海洋政策。二〇一一年，國民中小學課綱正式納入海洋教育議題，確立臺灣海洋教育方向。教育部因而興起成立臺灣海洋教育中心的想法，力圖帶動民眾「親海、愛海、知海」的風氣。

懷抱教學初心完備師資　實踐對海洋的承諾

當時，希望爭取臺灣海洋教育中心設立的學校除了海大以外，還有臺灣師範大學、高雄海洋科技大學等強力競爭者。其中臺師大擅長教育，高海科大同樣具備海洋特色，「但海大的初心，是在商船、輪機工程等專業教學之外，再擔起將海洋教育向國小、國高中扎根的社會責任。憑著這個理想，加上海大擁有完整的海洋專業科系與師資，最終雀屏中選。」對於往事，張正杰仍歷歷在目。

設置臺灣海洋教育中心後，海大必須一一實踐當初許下的承諾。張正杰曾在基隆市安樂高中教書，他深知現今四十歲以上的教師，成長於與海隔絕的時代，缺乏接近海洋的經驗，在海洋環境教育上其實捉襟見肘，「人們對於海洋的陌生，造成推動海洋教育的窒礙難行。師資是作育英才的根本，我們決定從『師培』開始做起。」因此，中心積極編纂補充教材、多元教具、繪本等資源，並舉辦種子教師培訓研習、巡迴到校服務講座等活動。

海洋教育中心與各縣市合作成立海洋教育基地，陪師生走出教室深度了解海洋。
（照片提供：光合作用戶外探索學校）

現在走進張正杰的辦公室，率先映入眼簾的，是數本擺在桌上、生動活潑的「頭足類家族」立體書，上頭清楚呈現烏賊、軟絲、章魚等不同頭足類動物的模樣。這一張張為國小生設計的立體卡片，不僅貼心附上注音符號，甚至還有英文版本。再走到窗邊、櫃子旁，會看到擺了滿滿一排木作的ＤＩＹ輪船、風帆等船舶，都是促進教學的絕佳工具，而這些教科書和教案，全都放在中心網站上，無償供所有教師使用。另外，張正杰耕耘十年的離岸流議題，也被製作成科普教學包、海洋防災動畫與海報，作為海洋教育的教材。

讓海洋與生活自然連結　從認識到學習尊重

隨著海洋教育成為一〇八課綱中的十九項議題之一，聯合國提出「為海洋科學永續發展十年」倡議，臺灣海洋教育中心也從課程設計著手，加深學生對海洋的認識。像是這兩年，中心便規劃「海洋資源永續」議題，鼓勵教師推動食魚、減塑等課程。就有老師帶學生去潮間帶實地踏查，認識地形、海洋生物棲息和安全海域，所有人帶著尊重環境的心情，在大自然中快樂學習；也有教師力推食魚教育，教學生認識魚、吃對魚，「透過這些學習，希望學生清楚海洋與生活之間的連結，從刷牙、洗臉到洗澡，每一個日常舉動都會影響海洋，因此要學習與海洋適切互動，才不會招致反撲。」張正杰強調。

臺灣海洋教育中心更積極扮演臺灣與國際間的橋梁角色。二〇二二年，海洋教育中心便串起臺灣和芬蘭高中生間的跨國視訊交流。由於芬蘭周邊的海域是波羅的海，較無海廢問題，因此當臺灣學生分享海灘上布滿垃圾的照片時，引得芬蘭學生驚呼連連，完全無法想像臺灣竟然有「淨灘」活動；臺灣學生則訝異波羅地海的景致，張正杰說：「透過中心作為交流平臺，過程中，學生必須用英語講出自己國家的海洋狀況與解決之道，不僅呈現海洋素養，也無意間連結許多技能。」

臺灣海洋教育完備　師資機制獨步全球

二〇二三年，臺灣海洋教育中心努力十年有成，除了張正杰個人獲獎外，還為國內建立起完整的海洋教育運作體系，將臺灣的海洋環境教育一舉推至全球舞臺。目前，在臺灣海洋教育中心與國教署、各直轄市及縣（市）政府合作下，全國二十二個縣市均設有戶外教育及海洋教育中心，並與各級學校合作，結合該校特色成立海洋教育基地，負責進行海洋體驗課程和研發課程模組，讓海洋教育落實在十二年一貫的教學中。值得一提的是，現今全世界將「海洋教育議題」列入課綱的國家，僅有臺灣；而完整的師資培育機制、專屬的教材研發，臺灣同樣獨步全球。

張正杰強調，海洋教育中心在邁入成立十年的里程碑之際，未來將持續秉持初衷，一步一腳印地引導學校、教師和學生走出教室，並在過程中與社區、環境、產業連結，帶領國人真切感受海洋資源及海洋素養的重要，讓海洋教育深入臺灣每個角落。

STORY

17

海上生命線的守護者

人工智慧時代　法律人的使命

臺灣的人們很容易忽略自己其實生活在一座四面環海的島上，直到近年兩岸情勢緊張，在一次次的「類封鎖」中，我們被一再提醒：「一旦失去與海洋的連結，臺灣的生命線就被切斷了。」對於一個天然資源缺乏，以貿易立國的國家而言，這樣的說法並不誇張，我們需要的石油、天然氣、礦物、穀物及各種商品，皆須仰賴海運。

海運業等同於臺灣的海上生命線，誰是它的守護者呢？國防軍事力量是其一，法律制度也是，需要有完整的海洋司法制度，才能確保海上商業活動的順利運作、保障貨物的安全運輸，以及處理與海洋環境、海事事故和海上犯罪相關的法律問題。海洋法制在維護臺灣的海洋主權、海域資源利用和海上商業活動等方面發揮著關鍵作用。

保衛臺灣海洋任重道遠　青年力量是未來關鍵

臺灣海洋生命線的順暢運作，仰賴良好的海洋司法制度，又是誰確保著相關法典的與時俱進、有效執行呢？當然是投身鑽研海洋法政的法律人，而國立臺灣海洋大學海洋法律與政策學院教授兼院長饒瑞正，就是其中的代表性人物之一。

多年來，饒瑞正持續在各種場合及媒體疾呼海洋法政的重要性；為了推動《海商法》的現代化修法，他更是起而行，在二〇一三年參與籌備「社團法人臺灣海商法學會」，並擔任第一屆秘書長及第四屆和第五屆理事長，致力結合民間與學術力量共同投入修法，善盡專業法律學院的社會責任。

更重要的，作為海大海洋法律與政策學院院長，他致力培育海洋司法人才，將守護臺灣海洋生命線的責任一代代傳承下去，饒瑞正語重心長地說：「海洋法制的立法戰略和政策，與臺灣的國家安全、經濟發展和海洋利益緊密相關，今日尤甚，我們需要更多年輕人投入海洋法政領域。」

推動法律與時俱進　協力撐起護國艦隊

海洋法制不僅涉及法律層面的規定和執行，也影響海事機構、國際條約、海上執法等各個層面的合作和協調。過去，一般大眾沒有意識到海洋法律的複雜性，直到 Covid-19 疫情期間發生長榮海運貨輪（長賜輪）擱淺案例，才讓大家見識到其中法律問題的千絲萬縷。

海運業宛如臺灣的海上生命線，海洋法制則是守護海運的關鍵。

二〇二一年三月五日，從臺北港出發的長賜輪於二十三日進入蘇伊士運河時，疑似因沙塵暴、強風、人為因素等影響，致使船頭插入東岸擱淺，船身打橫，造成連結地中海與紅海的蘇伊士運河航運堵塞。經蘇伊士運河管理當局出動共約五臺怪手挖沙，至少十二艘拖船搶救，並在大潮的一臂之力下，於二十九日晚間始成功脫困。後續衍生的法律問題包括：論時傭船、遲延交付貨物、共同海損、海難救助、船舶所有人總額限責、船舶及貨物保險等。

這起救援事件之所以吸引全球目光，是因為打橫的長賜輪掐住了歐洲與亞洲之間的南北雙向水運咽喉，導致所有船隻都無法通過，使得疫情期間就已物流不暢的情況雪上加霜。

然而，這件「禍事」也讓人驚覺，臺灣的海運實力及全球影響力竟然如此強大。根據海大海洋法律與政策學院提供的資料，國人經營的貨櫃船隊（含權宜船）運能已居世界第四位，次於德國、日本及丹麥，而散裝乾貨船隊亦居世界第七位，次於日本、希臘、中國、南韓、香港及德國。「權宜船」是指船隻的持有者，不將船隻掛籍在自己的國籍，而是掛籍於其他註冊費及稅項低廉的國家。

「海洋臺灣的護國艦隊在世界各海域航行，已喚醒海洋島民的海洋意識。」饒瑞正正面看待長賜輪事件的後續效應，並持續推動相關法令的修正。作為一位海洋司法學者，他始終自問：「我國法律是否跟得上國際規範？是否還有精進的空間？該如何評估及擬訂立法戰略？」他闡述著海大法律人的使命，「在整個海洋產業的發展與布局，《海商法》與《海洋基本法》更應發揮其法制效能，作為海洋產業供應鏈的重要一環，協力撐起護國艦隊。」

AI崛起　推動《海洋人工智慧法》全面守備

「法律必須與時俱進，尤其在這個變化莫測的時代，我們還有許多事要做。」饒瑞正舉例指出，因應國際環保趨勢，近年聯合國及世界各國已有率先實施或正在評估，將船舶燃油硫含量由以重量計〇．五%降至〇．一%等相關規劃，臺灣勢必也得制定政策法令，透過降低船舶污染物排放量，保護海洋生態環境和人類健康。

在交通部航港局委託下，接下評估相關法令及制定政策重責大任的，就是海大海洋法律與政策學院，因為這是臺灣唯一聚焦海洋法律與政策的大學法律學院。隨著新需求不斷冒出，海大海洋法律與政策學院總是忙碌於掌握新趨勢帶來的新挑戰，以及與國際溝通國際海洋法政事宜。學院年年舉辦「海洋法政國際學術研討會」，探討最新國際海洋法律與政策議題，已成為國內與國際海洋法政研究者相當重視的互動與交流平臺。

近期，人工智慧（AI）議題熱度高漲，饒瑞正對此憂心忡忡，「法律被視為解決糾紛的主要工具，然而現今的ＡＩ發展速度遠遠超越現行法律的適用範圍，我們得加緊研擬制定相關法令。」他進一步舉例，例如ＡＩ無人船舶海上碰撞致人命死傷、財產毀損，或是ＡＩ無人船舶海上違法捕撈、海上排放污染物、海上走私等，行為人是誰？誰應負民、刑、行政責任？這並非科幻，已是現實。面對ＡＩ浪潮來襲，海大海洋法律與政策學院正積極投入《海洋人工智慧法》的評估及推動，「只要與海洋相關，就是我們的守備範圍，而相較於擁擠的陸地，海洋如此廣袤，足以為法律人提供寬廣的發揮舞臺。」饒瑞正呼籲更多年輕學子加入法律人行列，共同守護臺灣的海洋生命線。

只要與海洋相關，就是我們的守備範圍，而相較於擁擠的陸地，海洋如此廣袤，足以為法律人提供寬廣的發揮舞臺。

STORY 18

全臺首創「華語跨文化代間課程」
外籍生與長輩共學 為彼此視野開一扇窗

走在海大校園，若是看到頭髮灰白的長者，以及膚色、臉孔各異的外籍學生，以中英夾雜、比手畫腳的方式，聊得眉飛色舞，千萬別覺得奇怪。

這是全臺首創，將外籍生與臺灣長者湊在一起共學的「華語跨文化代間課程」，「我們聚集不同文化、不同世代的人，希望藉助彼此的力量，互惠共好。」負責課程的海大華語中心副教授黃雅英道。

德國訪學經驗：從校園到社區的跨文化代間交流日常

黃雅英進一步解釋，之所以想發展跨文化代間共學的課程模式，是受到德國訪學經驗的影響。到海大任教之前，因拿到德國學術交流總署（DAAD）以及臺灣國科會共同補助的獎學金，在慕尼黑大學副校長 Hans van Ess 教授的邀請下，到慕尼黑大學進行了一年多的研究訪問，親身體驗了校園到社區豐富而深刻的跨文化代間交流日常，與在地長者也建立了深厚的情誼，不僅有益於自己的學術訪談與研究，對於適應德國語言與文化也有很大的幫助，繼而意識到在國際頂尖大學裡的跨文化代

銀髮族與外籍生透過問答互動破除刻板印象，豐富彼此的文化視野。（照片提供：黃雅英）

間教育趨勢以及發展適切課程的重要性。

國際生的最佳中文小老師：臺灣的幼兒園生

後來返國到海大任教，發現很多來臺留學的國際學生不具備華語文能力，在一學期三學分的華語課下，等於一週僅三小時的華語精進機會，遠低於華語文能力測驗所建議的學習時數，所以一開始先安排他們於課後跟臺灣大學生互動，但基於溝通的效益，難免過度依賴英語，於是，為了讓外籍生不得不說中文，在二〇一八年開始了跨文化代間交流的嘗試，黃雅英先是與在地的幼兒園合作，招募一群不會說英語的幼兒園小孩入班當小助教，讓外籍學生說中文，同時也安排外籍學生去幼兒園用中文以及自己的母語分享自己國家的童話故事給幼兒園孩子們聽，練習中文的同時也豐富幼兒園孩童的多元語言與多元文化。

你聽 我慢慢說：最合拍的跨文化交流學伴

後來因為疫情，外籍生與幼兒互動共學的課程也因此打住，但在二〇一九年，黃雅英因為教育部教學實踐研究計畫的支持，以及在樂齡大學講授國際文化課程時與在地長者的互動與發現，進一步延伸臺灣幼兒與國際學生的跨文化代間課程經驗，以海洋大學華語學分課以及海大樂齡大學作為跨文化青銀共學的共好基地。海大樂齡學員中不乏遊歷各國的船長、跨國企業的主管、退休師長等，具備國際交流經驗的長者，授課時也感受到長者非常樂於分享在地生活的智慧與文化，可說是隱藏版的臺灣多元文化百科全書，加上說話語速和緩，是非常適合的跨文化交流學伴。

「給夢一把梯子」：讓社會中的他者勇敢走向彼此

二〇二五年，臺灣邁入超高齡社會，每五人中就有一位六十五歲以上的長輩，少子化下，外籍人士也成為社會的重要人力來源，長輩未來要長時間相處的對象，可能更多是外籍人士，「若我們設計一個課程機制，將社會中的他者統統拉進來，還能讓雙方有機會互助交流，豈不是一舉兩得？」

起初，外籍生和長輩都擔心語言能力不足，無法與對方溝通，但黃雅英鼓勵他們按照設計好的講義，在語言鷹架輔助下，勇敢開口，時間一久，長輩和外籍生也開始熟稔並熱切互動。如今，這些國際學生與社區長輩再也不是社會中的他者，反而在海大找到第二個家。曾有外籍生邊等公車、邊跟家鄉的媽媽越洋視訊時，正好遇到課堂上的長輩，他立刻大方向媽媽介紹：「這是我在臺灣的媽媽。」

黃雅英彙整了這些珍貴的課程經驗，與外籍生共同激盪出《外籍生留臺生存手冊》，在二〇二三年臺北國際書展分享會上，作者之一的土耳其籍學生力亞司，侃侃而談在臺求學期間深刻又有趣的跨文化體驗和撰書過程，娓娓道來和長輩們相處的記錄，「跟老人家一起學中文很有意思，是在其他地方沒有體驗過的華語課程。」

另外，長者也真的學習到對不同文化間的理解與尊重，甚至主動邀請外籍生到家裡包水餃跟自己的家人互動，但印度學生不吃牛肉、印尼學生不吃豬肉，還有吃雞肉會過敏的菲律賓學生，他們

外籍生與長者一起包春捲，體驗臺灣傳統文化。（照片提供：黃雅英）

該怎麼包水餃呢？「『來自大海的食物都是阿拉的食物』，最後所有人一起包海鮮水餃和素水餃！」令黃雅英很感動的是，長者們還打趣的說：「我們已經上完課的學員，結業後就到黃老師那邊當義工，還沒結業的就抽空來見習，等你們課程上完換你們來當義工，兩年過後我們又繼續回樂齡上課，一直學習。」甚至會彼此邀約鼓勵去校園咖啡廳「交交外國朋友」。

著手將課程複製到全臺並連結國際

儘管課程已經結束，但文化交流的種子已然扎下。外籍生和長輩助教們依然不時約好繼續喝咖啡聊天；另一頭，黃雅英也帶領政大華語文教學碩博士生著手編纂教材，希望提煉出課程精華，將課程複製到全臺甚至國際。聯合國永續發展目標（SDGs）的第四項是「優質教育」，內涵是確保弱勢族群，也能平等接受優質教育。

其中「國際教育」特別容易存在貧富差距，因為經常是擁有一定經濟條件的學生才有出國學習的機會，「但外籍生就是幫助地方社區、孩童最好的國際化、跨文化資源，讓他們不用出國就能接觸到國際文化，讓所有人享有真正的『優質教育』。」黃雅英強調，把跨文化代間共學機制建立在正式的華語學分課程中，目的就是讓這個共好的互動模式不僅是曇花一現的活動，而是真的能夠穩健且持續串接多元資源，建立關係的有機循環學習體，以在地國際化的精神，培養出跨文化的全球公民，為校園、社區打造出更加共榮、多元的跨域新風景。

黃雅英副教授把課程精華彙編成實用的教材。

LEAVE A THRIVING OCEAN FOR
GENERATIONS TO COME

CHAPTER 3

給下一代
生生不息的海洋

堅持守護海洋生態的使命，從花枝、花蟹、珊瑚的成功復育，到人工藻類、夜光蟲的培育，為海洋永續寫下珍貴的一頁。

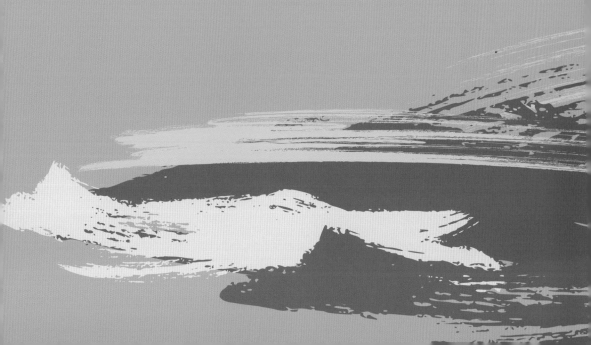

STORY

19

海洋資源關鍵布署 永續利用重大挑戰

臺灣海洋的下一步

全球水產動植物的產量每年約有九千六百萬公噸，就人類所需營養的角度來看，魚類非常重要，因為牠們供給了人類所需動物性蛋白質的兩成之多。僅憑這點，海洋資源的永續利用，可說是攸關人類生存。然而，近幾年海洋生態系出現變化，未來的人類是否能一如既往地接受海洋的哺育，著實令人擔憂。

全球漁業面臨劇變　臺海生態危機已至

魚類數量為何產生變化，不出兩個因素：氣候變遷和人為壓力。氣候變遷導致水溫和海流的變化，進一步影響魚類的分布和洄游模式，「魚類與大部分生物一樣，若生活環境不再友善，就會尋

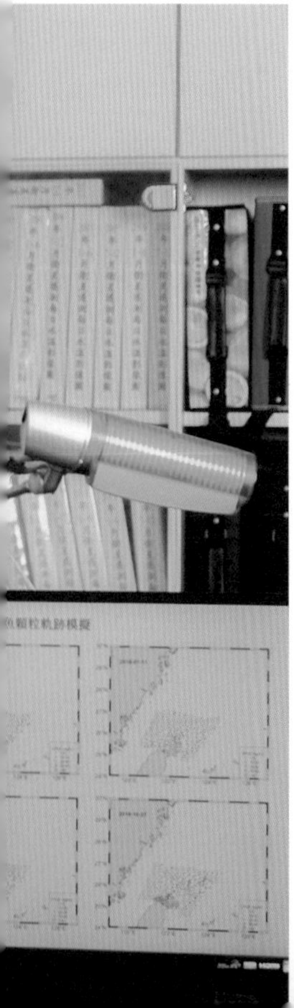

找更適合的生存空間。」國立臺灣海洋大學海洋資源與環境變遷博士學位學程特聘教授兼副校長李明安表示，經由團隊長期研究與文獻回顧，大致掌握了全球漁業資源及臺灣重要經濟物種之漁場、分布情形，釐清了許多以前無法知悉的環境變遷影響。舉例來說，隨著全球暖化加劇，許多物種已經開始向兩極移動：北半球的魚游向北方；南半球的魚向南極靠攏。至於深海魚類則會選擇移往更深的水域，因為更深水域的環境溫度更低。

至於人為壓力方面，主要是指人類的各式活動對海洋生態（特別是生物棲地環境）造成的影響。這裡面最值得關注的因素則是「IUU」，亦即非法（Illegal）、未報告（Unreported）、不受規範（Unregulated）的漁撈行為。「為了讓漁業資源可以永續利用，臺灣各縣市針對禁漁區的範圍和時間長度等皆有明確規定，讓海洋生物有充足的時間和空間進行繁衍生長，然而違法情事還是時有所聞。」李明安感嘆地說。

在各種因素影響下，臺灣近海漁業的漁獲發生變化。與過去相較，近年漁獲量減少大約五至六成，從一九八〇年代的四十萬噸降低至十六到

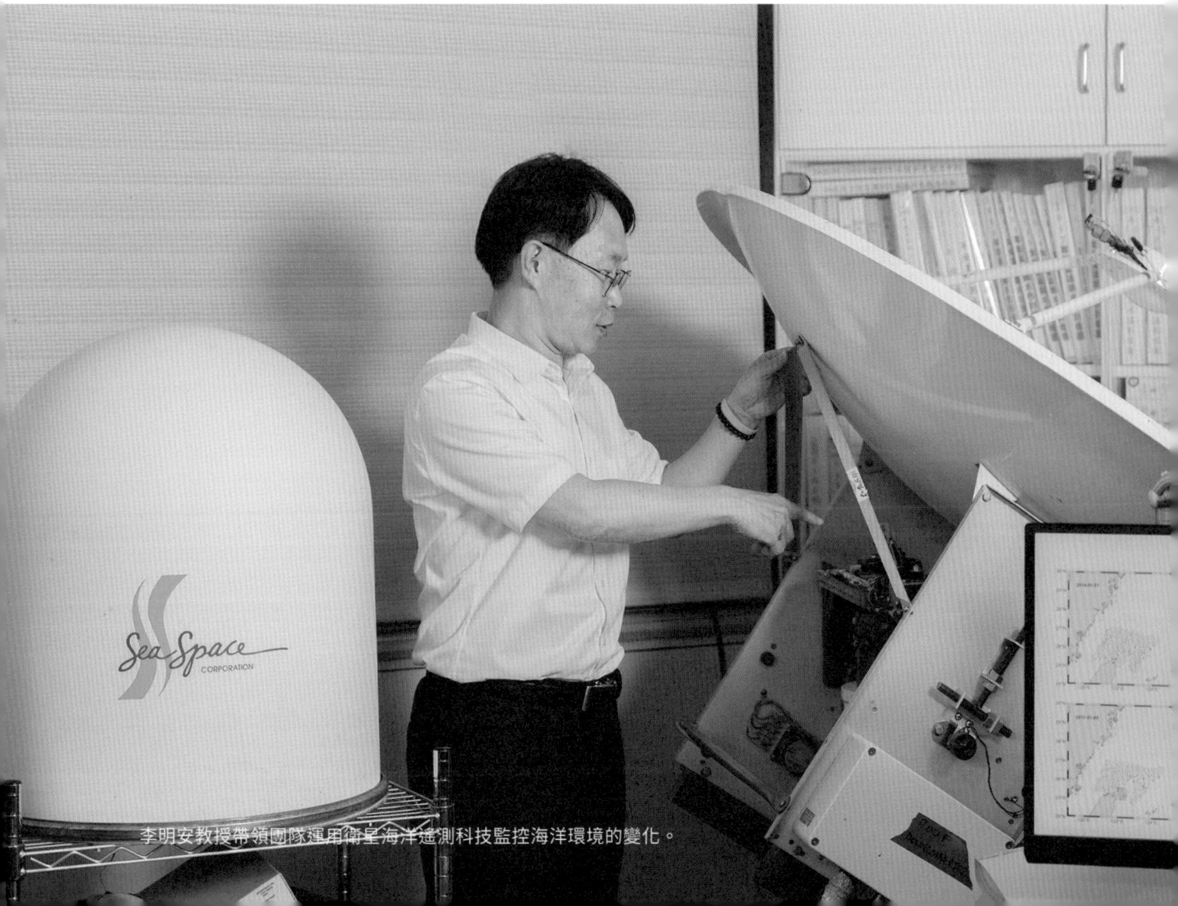

李明安教授帶領團隊運用衛星海洋遙測科技監控海洋環境的變化。

十七萬噸。另以鯖魚為例，白腹鯖與花腹鯖這兩種鯖魚的漁獲數量有所消長。屬於暖水性物種的花腹鯖較能適應高溫海水環境，所以數量增多，白腹鯖則減少。由此可知，臺灣近海生態系發生明顯變化，已是不爭的事實。

科學數據佐證　遙測監控海洋環境動態

對於臺灣而言，海洋資源無論是對經濟產業的貢獻或是飲食文化的核心，皆扮演著無可替代的角色。為了改變大家過往對於海洋的觀念，進而制定更有效的海洋資源永續利用策略，以確保海洋生態的長期健康和生產力，首先必須深入了解導致海洋資源數量變化的具體因素，並提出科學證據。這就是海洋大學環境生物與漁業科學學系持續在做的事：透過進行相關研究及培育專業人才，搞清楚海洋究竟遭遇了什麼事？

以其中一項研究為例，李明安帶領團隊運用衛星海洋遙測科技監控海洋環境的變化，運用繞極衛星及同步衛星取得長期、定點的觀測數據，透過海洋溫度和葉綠素濃度的變化，推估生物資源的分布和數量是否出現長期趨勢變化或值得注意的短期異象。「我們利用遙測數據進行分析和模擬，例如分析漁場的變化、預測魚群的遷移路線等，這對於漁業資源的永續利用，以及保護海洋生態系統的平衡，都具有重要意義。」李明安強調。

在另一項研究中，海大團隊透過船位監控系統，包括遠洋的ＶＭＳ（Vessel Monitor System）和近海的ＶＤＲ（Voyage Data Recorder），利用ＧＰＳ衛星定位系統，協助我國漁業署掌握船隻動態，以徹底解決ＩＵＵ的問題。事實上，政府部門常常仰賴海大的這些基礎研究和調查結果，作為制定海洋相關政策和管理方法的依據。

李明安指出：「海大的漁業資源研究豐富，而且科系多元，因此能夠藉由跨院、跨系合作嘗試找

> **面對海洋永續發展浪潮，四面環海的臺灣亟需具有海洋意識、海洋科學知識、技術和管理技巧的人才。**

出解方。」例如ＶＤＲ方面，即是海洋資源與環境變遷博士學位學程特聘教授廖正信與資訊工程學系副教授許為元跨領域合作，協助資訊處理、大數據及人工智慧事宜，「透過跨領域合作，我們可以協助漁業署更好地預測和控制事件，儘管不能完全避免ＩＵＵ問題，至少能有效降低不測事件的發生。」

積極應對海洋議題　儲備未來專業人才

為了因應貧富差距、氣候變遷、性別平權等議題，聯合國於二〇一五年啟動「二〇三〇永續發展目標」（Sustainable Development Goals, SDGs），提出十七項全球政府與企業共同邁向永續發展的核心目標，其中，目標十四是「保育及永續利用海洋生態系，以確保生物多樣性並防止海洋環境劣化」。二〇二三年，同樣基於保護海洋，聯合國在十年協商後，終於通過《公海條約》（The High Seas Treaty），進一步擴大限制捕魚、航道路線及深海採礦等探勘活動範圍。

面對海洋永續發展浪潮，四面環海的臺灣亟需具有海洋意識、海洋科學知識、技術和管理技巧的人才。李明安說：「永續海洋需要各領域專業與整合型人才投入，他們不僅必須具備創新思維，還要能解決各種複雜問題。」回應永續海洋的呼喚，海大致力培育新一代的海洋生態學家、生物科技專家、資源探勘學家、地質研究學家及海洋環境生態保育與政策專家等，共同為守護海洋資源的永續性及應對氣候變遷帶來的挑戰，帶來新希望。

STORY

20

海大優化育種選拔 分擔水產業重擔

煥發海洋生命力 平衡自然資源與糧食供應

受到氣候變遷、非法捕撈等天災人禍影響，海洋生物的生存環境愈來愈險惡，除了導致數量大幅減少，造成生態災難，也損害產業經濟效益。海洋的專業問題，就讓海洋專家來解決！國立臺灣海洋大學的研究團隊透過育種、復育等方法，致力優化吳郭魚等經濟魚種的性狀，並恢復花枝、花蟹及珊瑚等海洋生物的生態系統，致力協助養殖漁業提高生產效益並推動永續海洋。

吳郭魚產業潛力大 精準育種因應糧食危機

由海洋大學水產養殖學系副教授黃章文、龔紘毅及助理教授徐德華組成的水產育種團隊（TABT），針對吳郭魚進行遺傳改良和育種，提升臺灣養殖育種潛力，創造出更多經濟價值。

魚類百百種，為何選擇以吳郭魚作為育種目標？答案很簡單，因為吳郭魚在全球養殖漁業非常具有分量，龔紘毅說：「吳郭魚是全球第二大養殖魚種，僅次於鯉魚，然而，鯉魚雖是產量最大的養殖魚種，但在華人地區以外的其他國家，鯉魚並不常被食用；相較之下，喜歡吃吳郭魚的國家更多。」

徐德華教授與團隊以貢寮為家，在貢寮與美豔山漁港積極復育海洋生態。

吳郭魚具有對環境的耐受力極強、能適應不同環境和多樣化養殖方式等特點，可進行大面積養殖和小規模家庭養殖。因此，目前全球有多達一百多個國家擁有吳郭魚養殖產業。黃章文表示：「基於吳郭魚的重要性和應用價值，我們希望能夠透過育種工作，為全球養殖業帶來更好的品質和生產效益。」

龔紘毅亦指出：「透過精準育種，能增加吳郭魚產量、抗病、抗逆境及營養價值，還能因應全球人口增加及環境變遷所造成的糧食與動物蛋白供應危機，非常符合聯合國永續發展目標（SDGs）。」

開發精準選育技術　有效提升育種效率

育種工作並不容易，需要動用分子育種、基因編輯、分子鑑定、族群遺傳和數量遺傳等等專業，絕非一人所能獨力完成，於是由三位志同道合的海大教授組成團隊，共同投入吳郭魚育種，也締造許多傑出的成果。

例如，團隊利用優勢功能性關鍵基因選育、分子標記、基因編輯技術，搭配ＡＩ辨識外觀表現驗證等技術，開發出「前瞻基因體科學化優質種原精準選育技術」。所謂「精準」，表示此技術的特點之一就是能大幅縮短育種時間。一般來說，生物育種是條極為漫長的道路，傳統育種動輒耗費十至二十年時間，而海大團隊開發的這套精準選育技術，可將育種時間縮短至原本的一半。值得一提的是，此技術深獲肯定，於二〇二二年榮獲第十九屆國家新創獎——學研新創獎（農業與食品生技類）。

縮短時間的關鍵之一是分子標記技術。黃章文以尼羅種吳郭魚的育種為例說明：「我們希望同時兼顧生長速度和抗疫能力兩個性狀，傳統的選育方法需透過觀察子代的表現來確認，是一個既耗時又需大量資源的過程，而有了分子標記技術，可以在選育前就對魚隻進行基因體分析，確定牠們是否擁有我們所需的性狀，不僅節省時間與資源，也提高選育的準確性。」

運用精準選育技術，海大團隊培育出具抗病、耐寒與耐鹽等不同性狀的臺灣鯛品系（臺灣鯛是指「優質化的改良吳郭魚品種」），並且經過雜交方式，將複數的優勢性狀保留給子代。「臺灣鯛本身就有不錯的環境適應力與抗病力，在經過鎖定特定基因精準選育後，能夠進一步提高生殖率、孵化率及存活率，也更能應變全球環境變遷與極端氣候的影響。」黃章文說。

以海大團隊培育出的耐寒品系臺灣鯛為例，能連續兩日處於攝氏十度水溫下的活存率高達九〇%以上；耐鹽品系在全海水養殖下的存活率更是市售商業品系的二至三倍；抗病品系的抗病存活率是市售商業品系的三倍，受海豚鏈球菌感染後的死亡率低於一〇%。

滿滿肉量！培育「肌肉型猛魚」新品系

海大團隊還培育出非常受到矚目的「海大壯鯛一號」品系。從其名稱的「壯」字可知，這種「肌肉型猛魚」的臺灣鯛在背部及兩側肌肉倍增，體重、體高、體寬也顯著增加，因此取肉率較原品系增加約二〇%。「以此為基礎，可以進一步培育兼具成長快、高取肉率與高抗病力或抗逆境的新品系。」龔紘毅說。

海大積極與業者合作，透過改良品種和創新養殖模式，例如生態式海水養殖場，希望能進一步兼顧經濟效益和永續訴求，進而提升臺灣水產養殖產業在全球的能見度及出口能量。

育種選拔是產業重要議題，而提升種原優良性狀幾乎是永無止盡的道路，必須具備高度專業知識及技術，「海大的積極投入，可以分擔水產養殖產業的重擔。」徐德華指出，海大具有試驗場域、控制設備、精準技術及高階養殖人才等各項優勢，「我們協助種苗的篩選與驗證，進一步挑選具優良基因魚隻進行精準選育，且能透過冷凍保種技術，將優質性狀穩定遺傳或長期保存。」

十大傑出青年的「雙花」復興計畫

身為育種團隊的成員之一，徐德華就是完全由海大培育出來的人才，一路從水產養殖學系學士、碩士、博士到教授。除了參與育種團隊的工作，他也投入「雙花」復育計畫。

「臺灣東北角的花枝和花蟹是當地重要經濟物種，但是受到氣候變遷、環境破壞和過度捕

龔紘毅、黃章文和徐德華教授共同培育出「海大壯鯛一號」品系的壯碩鯛魚。

臺灣東北角的花枝是當地重要經濟物種之一。（照片提供：徐德華）

撈等影響，數量出現下降趨勢，因此我們與當地漁民合作，提出雙花復育計畫，透過研發養殖技術和放流技術，實現花枝和花蟹的量產與資源復育。」值得一提的是，徐德華也因為優秀的研究成果，於二〇二〇年當選「第五十八屆十大傑出青年」。

徐德華的研究基地位在貢寮海洋資源復育園區的「水生生物研究暨保育中心」，這處研究站是由海大與新北市農業局合作，於二〇一三年成立，距離海大僅四十五分鐘車程。徐德華自二〇一四年開始接下研究站的經營及管理，之後海大漁業系、養殖系、海生所與海洋等相關科系的許多老師，持續在此開展與當地漁業方緊密連結的資源復育研發及推動工作，包括魚苗繁殖、藻類養殖、海洋生物保育及教育等項目。

「我每週星期一到星期五住在貢寮，週末才回家與家人相聚。」徐德華帶領團隊投入研究的努力已開花結果，成功掌握虎斑烏賊等三種高經濟價值烏賊的完全養殖技術，每年量產數萬尾種苗，並連續五年進行放流復育，作為教育導覽及研究使用。近年來更吸引許多國外學者參觀，研究成果已在國際研討會發表。

幾乎是以貢寮為家，駐點至今長達九年的徐德華強調：「想要做出好研究，一定要與當地居民搏感情。」如今，當地居民已習慣海大研究團隊的存在，也非常信任團隊的研究工作對在地漁業的幫助，「所以當地居民每當撈到或是在餐廳買到帶卵母蟹，都會想交給海大團隊進行孵化。」

海大團隊還與當地社區、地方政府密切合作，將貢寮卯澳灣這處曾被遺棄的漁港，打造為全國第一個栽培漁業示範區，提高放流物種的存活率。「我們讓漁民一起參與這個示範區，在了解我們做的事情之後，漁民更願意一起投入保育工作。」徐德華強調，研究團隊長期駐點建立的互信，使得合作更為順利，推動觀念與做法就會變得更加容易。

整體來說，雙花復育計畫涵蓋地方政府、學校、保育團體、當地居民等多個利益相關方的參與，這種全面參與的模式，為長期的資源復育提供持續動力。除了「雙花」之外，徐德華團隊目前亦致力復育毛蟹、水晶鳳凰螺和在地的紅嬌鳳凰螺等。

海大團隊檢視復育中的花枝卵。（照片提供：徐德華）

海底雨林重建之路　社會溝通是復育關鍵

海大在「水生生物研究暨保育中心」孕育了許多令外界讚嘆的研究成果，海洋環境與生態研究所所長識名信也的珊瑚復育，即是頗具代表性的研究之一。

如同陸地的熱帶雨林，珊瑚堪稱海中森林，擁有豐富的生物多樣性及高海洋生產力，是各種海洋生物攝食、繁殖及尋求庇護的場域。然而，近年全球暖化與環境破壞導致北臺灣珊瑚白化，連帶影響其他海洋生物的生存。因此，唯有復育珊瑚，才能重新恢復生態系。

二〇〇九年，識名信也於取得東京海洋大學博士學位後，在日本、美國、臺灣提供的工作機會中，選擇來到臺灣，運用自身珊瑚礁生物學專業，以及向沖繩漁民習得的珊瑚復育技術，致力恢復北臺灣的珊瑚榮景。

經過十餘年的努力，成效顯見。現在，在鄰近海邊的大型養殖池中培育有三千多株珊瑚，「珊瑚養成到十多公分高左右，一部分會放回海中，一部分提供給中研院或其他學校進行研

識名信也教授與海大團隊在「水生生物研究暨保育中心」進行珊瑚的復育。

究。」識名信也表示，二〇二二年已移植五百株珊瑚至卯澳灣周邊海域。室內還有另一個養了約莫十七種珊瑚的小型養殖池，主要提供大眾教育用途，例如每年和新北市合作暑假課程，讓小學生有機會來到這裡認識珊瑚，目前已累積兩千多人次參加。識名信也還在社群媒體成立粉絲頁「Coral farming lab Taiwan 珊瑚農場」，經常上傳珊瑚培育過程與海底生態的照片，讓更多民眾了解珊瑚復育的重要性。

一如許多海大老師們的共識，物種復育的成功關鍵之一是與社會溝通。唯有喚醒更多人關注海洋生物，了解一個生物的消失足以牽動整個生態系，大家才更有意願共同維護海洋生態，也才能讓海洋永續不會變成口號，真正在生活中實踐。

STORY
21

解開馬祖藍眼淚身世之謎

夜光蟲一夜增生「食物」是啟動關鍵

「藍眼淚」被CNN列為世界十五大奇景之一，許多遊客為了朝聖這如夢似幻的場景而來到馬祖，但是未必皆能如願。是否能掌握藍眼淚爆發機制，進而讓大家一年四季都能看到藍眼淚？答案是肯定的，因為臺灣海洋大學海洋環境與生態研究所特聘教授蔣國平帶領的研究團隊，已經成功破解藍眼淚的爆發之謎。

原來，在夜幕下，海面之所以會出現一片藍色螢光海，是來自於夜光蟲大量增生而發出藍色生物冷光。然而，唯有在一些特定條件下，夜光蟲才會大量爆發，而「食物」，便是啟動藍眼淚爆發的關鍵。

蔣國平說：「當夜光蟲明顯感受到食物不足時，有性生殖機制就會被激發，產生大量的配子體，以另一種生命形式撐過食物匱乏的時期，直到豐富食物來到。加上溫度在攝氏二十七度以下，休眠中的配子體會瞬間萌發為夜光蟲並呈現指數成長，便形成藍眼淚大爆發。」

馬祖夜光蟲的食物是矽藻，當來自中國閩江水域豐富的陸源性無機營養鹽進入馬祖周遭水域，就能促成矽藻大量快速成長，為夜光蟲配子體提供充足食物。

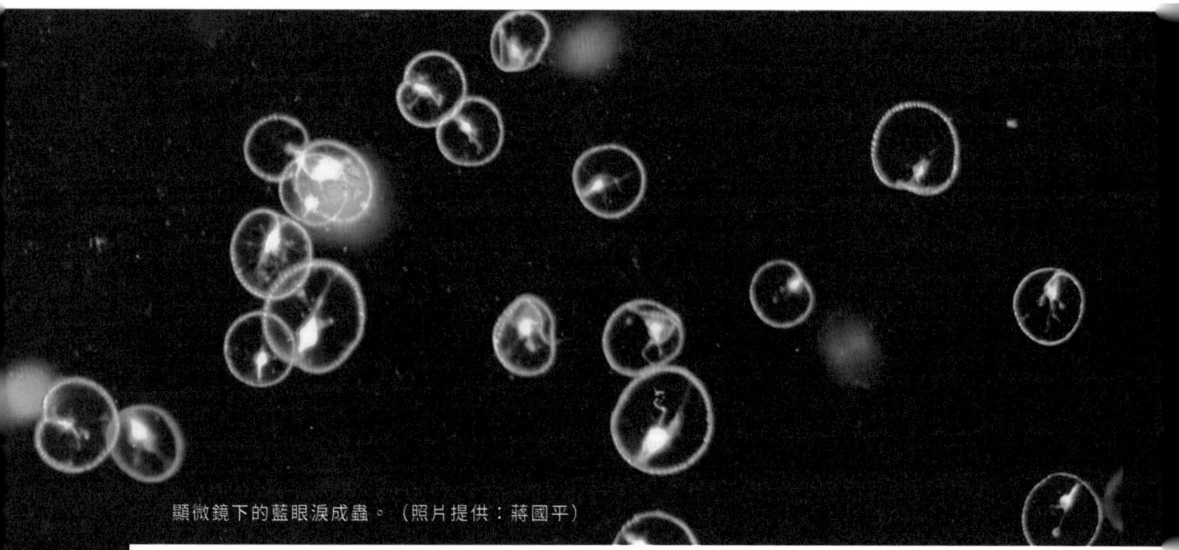

顯微鏡下的藍眼淚成蟲。（照片提供：蔣國平）

人工培養夜光蟲　看藍眼淚不用憑運氣

海大破解藍眼淚爆發機制的研究成果，已發表於國際知名期刊《海洋科學前沿》（*Frontiers In Marine Science*），研究團隊也掌握人工大量培養夜光蟲技術，並在馬祖「藍眼淚生態館」重現美景。如此一來，遊客全年都能在館內觀賞藍眼淚，不用再擔心奔赴馬祖卻敗興而返。

海大於二〇一六年四月即開始推動馬祖藍眼淚研究，七月達成人工培養，二〇一八年八月技轉廠商成立馬祖藍眼淚生態館，並於二〇二一年十月設立「馬祖海洋研究中心」，持續投入馬祖海洋環境生態與產業相關研究。

身為藍眼淚研究權威，當二〇二三年四月臺南青山漁港也出現藍眼淚現象，臺南市漁港及近海管理首先求教的對象，當然也非海大研究團隊莫屬。三位海大海洋環境與生態研究所學生於青山漁港進行海水採樣與生態調查，確認青山漁港藍眼淚現象也是夜光蟲造成的，但與馬祖夜光蟲族群生態習性不同，是另一種較適應高溫、高鹽及低溶氧環境的種類。

「藍眼淚不僅僅是一種浪漫的自然現象，還是生態環境的一種指標。當藍眼淚出現時，意味著海洋的環境條件適宜，水質和水溫都滿足夜光蟲的生長需求。」蔣國平強調，藍眼淚的研究不僅是對生物現象的探索，更要喚起社會大眾對海洋環境的關注和呵護。

官方首席智庫　倡議海洋生態與教育重要性

除了任教於海洋大學，蔣國平同時也是「臺灣海洋聯盟」的首任召集人。聯盟定位為國科會（科技部）智庫，提供完整海洋知識與科研成果作為政府施政參考；同時橫向連結國內各相關海洋單位，可作為各單位的溝通平臺；在各種海洋相關事務上，聯盟更是政府的首要溝通和協作對象。

蔣國平指出：「海洋事務相當複雜，牽涉極廣。透過海洋科學的研究和調查，能夠提供海洋環境、海洋生態、海洋生物資源分布等資訊，這些都是進行海洋資源開發與管理或海洋工程建設的重要依據。海洋科學也提供對海洋生態系統的評估和監測，對於保護和管理海洋資源、預防環境災害，以及制定永續的海洋利用政策極為重要。」

集結海洋科學各領域專家，聯盟於二〇二二年針對臺灣海洋未來十年可能面臨的問題，提出幾項影響深遠的倡議，包括：推動海洋觀測網、建構以科學為基礎之海洋管理路徑、推動我國海洋碳中和管理架構、建置國家海洋資料庫系統與資料分享體制。「透過這些倡議，我們清楚告訴政府，應該將有限資源優先用於哪些事情及方向上。」蔣國平說。

整合資源有效溝通　擬定藍碳策略幕後推手

其中，藍碳作為人類在氣候變遷這場戰役中的重要資源，推動我國海洋碳中和管理架構，無疑是當務之急。所謂藍碳，指的是海洋碳匯；而綠碳，則是森林碳匯。蔣國平指出，儘管海洋生態系

統在碳儲存和碳吸收方面具有龐大的潛力，「但是政府對於藍碳的重視，顯然遠遠不及綠碳，相關管理和保護機制還需要加快腳步建立。」

海洋生態系統的碳儲存和碳吸收過程複雜多變，其中還存在許多不確定因素，需要進行大量研究和監測。另外，制定藍碳保護和利用策略需要跨學科和跨部門的協作，必須在科學家、政策制定者、利益相關者等不同角色之間建立有效的溝通和合作機制，以確保藍碳策略的實施能獲得廣泛的支持和參與，聯盟在這些方面皆能發揮重要功能。

此外，蔣國平指出：「由於全球海洋生態系統是連續性，藍碳策略的實施需要國際間合作，需透過協商制定共同的政策和標準，以實現全球範圍的減碳目標。」為提前布局及促進我國海洋碳匯科學及相關配套政策與社會溝通基礎，海大與臺灣海洋聯盟召集國內綠碳及藍碳專家，於二〇二三年在海洋大學召開碳權工作坊及「臺灣海洋聯盟大會」，清楚定義出我國海洋碳匯及碳權之範疇並且展開海洋藍碳行動方案。

同樣的，海洋觀測網的建立及資料分享也必須仰賴國際共識。未來，聯盟會繼續負起與聯合國、國際海洋科學研究機構及各國相關組織合作的責任，讓不同國家與組織的海洋觀測數據得以整合。

以「地球永續」為初心，海大積極協助臺灣海洋聯盟集結全球的智慧和資源、陸續開展各項事務，為保護海洋生態系統，持續貢獻力量。

「藍眼淚」被ＣＮＮ列為世界十五大奇景之一，吸引許多遊客前往馬祖朝聖。

STORY

22

人工培育藻類造出海洋藍碳森林

探索二十一世紀的綠金

全球氣候變遷日益嚴重，我們該如何利用森林、海洋和土壤等天然「碳匯」（carbon sink）吸收及儲存二氧化碳？這是人類的生存問題，也是經濟問題，而藻類正是解答之一。

天然碳匯可分為「綠碳」、「藍碳」和「黃碳」。綠碳幾乎和森林碳匯畫上等號；黃碳即是土壤碳匯，包括農田、泥炭地、黑土、草原、山地土壤、永凍土、旱地等；至於藍碳，顧名思義就是海洋碳匯。海洋是一個強大的碳儲存庫，二氧化碳以各種形式存在於海洋生態系統中，包括紅樹林、濕地、海草床、海藻床／林、沼澤、深海底泥和海底沉積物等。

許多人將目光放在陸地上的碳匯，希望能大大發揮吸收二氧化碳的功能；相對地，對於海洋碳匯的關注則較少，但是這並不代表海洋的減碳潛力較差。海洋大學海洋中心助理研究員暨水產養殖學系助理教授張睿昇說：「樹木的成長茁壯需要很長的時間，而且陸地面積有限，植被覆蓋已接近飽和，可以增加的固碳空間有限。相較之下，海洋具有更大的潛力。」

在各種「藍碳」中，尤其以藻類受到矚目，「空氣中六〇％的氧氣來源為藻類的光合作用，藻

類吸收二氧化碳的效果非常好，且海藻具有快速生長的特點，尤其是褐藻類，生長速度遠遠超過紅樹林和海草。因此近年全球各地的研究人員已投入大量資源進行海藻碳封存能力的研究。」張睿昇本身即長期投入人工培育臺灣原生藻種冬青葉馬尾藻、海木耳、小葉蕨藻及麒麟菜等。

人工培育海洋造林 得從好好認識藻類開始

曾經，臺灣海岸線滿布海藻，然而受到海水溫度升高、船隻漏油污染及海岸開發等影響，野生海藻急遽減少中，影響了海藻經濟，更遑論運用海藻發揮固碳作用。

以臺灣最大褐藻——馬尾藻為例，是最適合拿來海中造林的藻類；然而，過去在南臺灣及小琉球海域曾多到作為堆肥的馬尾藻，如今數量卻大幅減少，這是因為海水溫度上升，導致大型褐藻的受精卵無法正常發育，因此人工培育成為必然手段。然而這件事並不容易，長期研究藻類的張睿昇對此有感而發：「每一種藻類的生長機制不盡相同，過程充滿未知和驚奇！」

想要人工培育馬尾藻，首先得破解其異常複

海藻具有淨化水質與碳匯的功能，是海中的藍碳森林。(照片提供：張睿昇)

雜的生活習性，「例如，我們常吃的紫菜是需要在短日照、水溫低於攝氏二十度的條件下，也就是秋分過後白天時間比夜晚時間短，加上東北季風開始降溫的季節才會出現。因此紫菜的人工養殖便在冬末紫菜成熟時將其剁碎，使藻體內的雌雄配子結合，產生可度過夏季的絲狀藻體，待秋分再次到來，絲狀藻體釋放孢子附著於人工網架上變成紫菜幼苗，等幼苗長大便可收成。馬尾藻也有類似的生長門檻，只是藻體成長的時間是在春分過後，並持續至夏至。」雖然人工培育過程耗時又耗力，但張睿昇覺得非常有趣，「藻類領域有太多我們不懂的事，信手拈來都是博士論文題目，研究永遠做不完。」他又舉麒麟菜為例子，一開始採集野生樣本並將其放入水缸中進行培養，經過一年時間，麒麟菜絲毫沒有長大。然而邁入第二年，它突然呈現大爆發的成長，「原因是什麼？我們至今還在尋找。」研究過程中出現的意外驚喜和眾多挑戰，讓張睿昇陶醉其中且樂此不疲。

豐富研究資源與彈性　海大坐擁地利之便

在海大的海洋生物培育館頂樓，一眼望去一缸缸海水孕育著的海藻，已育種超過三十五種，並持續累積中，其中已有十種能全年養殖，那些是由張睿昇帶領團隊所辛苦培育出來的成果。

「海大提供豐富的研究資源和資金，以及很好的場地，相較於其他大學可能得費力抬回一桶桶海水使用，因為地理環境之便，我們打開水龍頭就有海水流出，而且學校給予老師很大的研究彈性，讓我們可以自由發揮。」張睿昇說。如此一來，不僅是海大養殖系學生的實習場域，也可藉由海藻生產滿足校內外研究單位的實驗材料需求，經統計每年所取用的海藻量已超過百公斤。

海大水產養殖學系的藻類研究已成為國內外關注焦點，為加速研究成果的產業應用，海大積極建構藻類應用科技產業所需的重要環境設施、開發關鍵藻類養殖技術，同時延攬專業人才、培育新血，並且推動藻類資源相關研發合作與技術轉移，進而創造更多元藻類應用與其產業價值。

從科普知識出發　看見藻類的無限可能

因為淨零碳排所需，藻類研究近年擄獲許多關注目光，不過，我們的日常生活其實已處處見到藻類的應用，只是大家對於藻類多是一知半解，甚至可能有很多人連常吃的海帶樣貌，都還未曾見過。為了讓更多人認識藻類，張睿昇特別開設「認識二十一世紀的綠金：藻類」線上課程，從藻類的價值談起，並逐步介紹各種藻類及藻類研究領域的多樣性發展，例如：食物營養、飼料肥料、化工產品、美容醫藥、生態環境、海洋牧場，甚至是全球暖化、生質能源、綠建築、生物塑膠等。

這門「科普」課程讓許多人重新認識既熟悉又陌生的藻類，甚至吸引了新血加入藻類研究領域。一位海大食品科學系一年級的女同學，高中時就是因為看了這門線上課程，對藻類萌發興趣，「我想了解藻類養殖、食品加工技術，希望能夠開發更多藻類應用可能。」如願考進海大後，大一的她就跟著張睿昇進行藻類的物種鑑定和基因研究。

「如同老師說的，藻類研究充滿許多未知，我已經開始體會其中的探索樂趣，能投身藻類研究領域，真是一件很快樂的事！」她說。

張睿昇教授與學生都認為藻類研究過程充滿驚喜與樂趣。

STORY

23

運用遙測衛星資料 模擬擴散範圍和速率

沙盤推演福島核廢水流向

二〇一一年三月十一日，日本東北大地震引發大海嘯，導致福島核電廠多個反應爐爐芯不斷升溫，而為了冷卻反應爐爐芯逐年累積的大量廢水，東京電力公司打造了一千個大型儲水箱，可容納高達一百三十二萬噸廢水。然而，這終究並非長久之計，核廢水終有一天將排入大海，大家心知肚明。

二〇二三年七月四日，國際原能總署（IAEA）同意日本將冷卻廢水排放至大海。東京電力公司承諾會去除廢水中除氚之外的放射性元素，並且利用大量海水稀釋逾百倍，達到日本氚濃度排放標準的四十分之一以下，再透過海底管道排放至

何宗儒教授會帶著學生利用「鹽溫深儀」等各種工具及儀器，探究海洋的祕密。
（照片提供：何宗儒）

一公里外的外海。預估要花三十年左右，才能將目前儲存的「核廢水」全數排放完畢。

核廢水如何流動？海大給出可能答案

即使IAEA的專家團隊表明福島核電廠的廢水輻射量極低，甚至比許多正常運作的核電廠廢水輻射含量還要低。然而，身為日本周邊國家的臺灣，難免相當在意核廢水是否會影響臺灣海域？這個重要的問題早在兩年前，海大海洋環境資訊系特聘教授何宗儒與當時帶領的博士生盧靖元，就給出了可能的答案。

當時，何宗儒與團隊致力計算出福島核廢水可能的擴散範圍和速率，他們採取的方法是利用衛星遙測資料進行模擬。結果，根據他們計算出的流場模擬動畫顯示，福島核電廠含氚核廢水若在其廠區（北緯三七．三度）外每日連續排放，有一%的機率可能會影響臺灣附近海域，約一年半後可能向南影響臺灣外海，也就是綠島、基隆嶼、龜山島等附近海域。連續排放廢水一年後，核廢水可以沿黑潮延伸流向東影響北太平洋中央；連續排放四年後，影響將擴及北美洲西岸；七年後，整個北太平洋將受到影響。

觀測遼闊海洋　衛星遙測更全面且迅速

秉持著科學家的實事求是，何宗儒強調：「這些模擬都是基於當時的數據和模型，實際的擴散情況仍需要綜合評估排放位置、氣候以及深度等多種因素。」他也提到後續將結合其他觀測方法，進一步驗證模擬結果。

以海洋觀測方法來說，約分為兩大類：實地實測和衛星遙測。實地實測是在特定位置進行測量和觀察，範圍受到局限，無法同時取得大範圍的數據，較不適用於全球性研究；衛星遙測則是利用衛星進行觀測，可以快速獲得大範圍的資料，但缺點是只能獲取海洋表面的資料。所以海洋的觀測，常需要實地實測與衛星遙測的相互配合，再佐以數值模擬，利用數學方程式進行大範圍的預報。

何宗儒說：「海洋如此遼闊，若是利用船舶或是浮標量測海洋的各種性質，需要負擔龐大的經費及人力，也有安全顧慮，因此若要定點、長期、全面取得觀測數據，衛星遙測是較佳的方法。」例如一九七八年，美國航空暨太空總署（NASA）發射 Nimbus-7、TIROS-N、Seasat 等三顆與海洋觀測相關的人造衛星，分別利用可見光、紅外光及微波進行海洋遙測，觀測項目幾乎涵蓋所有的海洋性質，從此為海洋觀測開啟新頁。

近期有許多海洋研究高度仰賴衛星資料，何宗儒說，想要做出好研究，與處理資料的能力大有關係，「研究者除了要擁有相關專業知識、科學素養之外，電腦技能及資訊處理能力亦是必要條件，另外還必須具備外語能力，畢竟海洋研究是全球性的工作，與世界各地的科學家共享資源和知識是必要的。」

科技優化水文監測　促進海洋生態保育

何宗儒致力於近海水文研究，總會帶著學生利用各種工具及儀器，探究海洋的祕密。例如專門用來收集海洋水文資料的「鹽溫深儀」（CTD），可以在不同深度測量海水的導電度（鹽度）、溫度和壓力（深度），並使用這些數據計算海水的流速。

至於聲波都卜勒流剖儀（ADCP）則是運用都卜勒效應，當聲源接近時頻率增加，遠離時頻率減小的現象，來測量海水的流速。近年來在科技的助力下，海洋科學家們也開始使用無人機進行水文觀察研究，能有效幫助研究工作更容易進行。

這些水文觀察研究成果，可以有效促進海洋生態保護及管理。何宗儒舉例說明：「電廠使用過的冷卻水會被排入海洋，排放水的溫度必須符合規定，在一定距離內的水溫變化也有相應的限制，否則將破壞附近海域的生態系統及生物多樣性，而我們對於當地海水性質變化的觀測及研究，可以避免傷害的產生或擴大。」

眾所周知的核三廠珊瑚白化事件，就是受到溫排水影響。珊瑚礁具有高度海洋多樣性，珊瑚的死亡造成其他許多物種的遷徙甚至滅絕，大幅破壞當地海洋生態，猶如一場浩劫。所幸，後續針對溫排水的相關規範落實後，墾丁地區珊瑚白化現象已相對和緩。

守護地球　得從守護海洋開始

地球表面積的七成以上是海洋，海洋負擔調節地球氣候的重任，提供人類生存必需的食物及氧氣，因此，海洋的任何變化對於地球環境具有莫大的影響。隨著氣候變遷日益劇烈，人類更迫切想要了解海洋的變化，因為這不僅攸關整個地球系統的運作，更關乎人類的生存。

「在這個時代，海洋科學研究充滿跨領域的多元挑戰，因此研究者要以更開放、更包容的態度來面對，樂於接受新知、新技術與新觀點。」何宗儒期望有更多年輕學生投入海洋科學研究領域，不僅為了揭開海洋神祕面紗，更重要的是，想要守護地球，就要從守護海洋開始。

氚 tritium

氚（tritium）是氫唯一的天然放射性同位素，天然含量極少，可以透過人工核分裂反應產生。而核能發電廠所產生的廢水中，就含有氚這個放射性元素。根據世界衛生組織（WHO）的標準，飲用水含氚上限值為每 1 公升 10,000 貝克，一旦超過安全劑量，可能對人體造成影響。

PAVE THE WAY FOR THE FUTURE

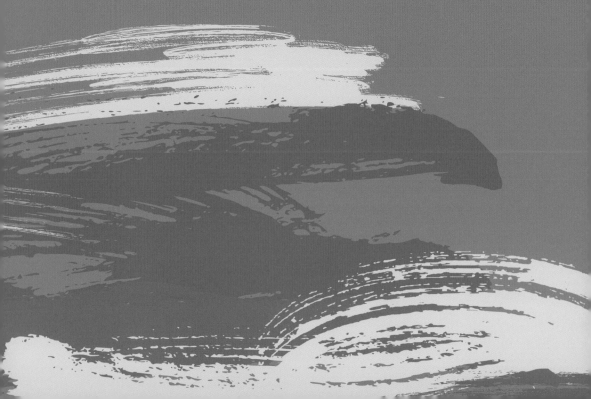

CHAPTER 4

打開
下一個未來

為充滿挑戰的未來擘劃願景，無論是推動大學的國際化、高階海事人才培育，到運用數位科技協助防災治水、生育、海上數位轉型等議題，或是打造永續校園、跨世代經驗傳承等，皆為高等教育的未來開啟新局。

STORY
24

西岸的風電高峰會 國際專家齊聚一堂
起風了 巨型風機即將改寫未來

蔚藍無邊際的臺灣西部海洋上，獵獵海風正拍打著白色巨型風機。近年來，臺灣西部外海從苗栗到彰化之間，陸續啟用三座離岸風場，一眼望去那一根根矗立海中，迎風轉動的風機，已成為全新的海岸線風景，而沿岸其他大型離岸風場建設也正緊鑼密鼓施工中。

這是改變臺灣，也改變未來的偉大工程。來自世界各地的工程師齊聚在這片海域上，從風場起建、海下工程布建、風機組裝到併聯運維，他們各自肩負著不同使命，往來穿梭，貢獻所長，共同為建構臺灣離岸風電產業，以及朝向二〇五〇淨零排放的終極目標而努力，更因此成為讓世界看見海洋大學的契機。

離岸風電炙手可熱 重點培育國際人才

臺灣以海洋立國，長期憑藉工業製造實力聞名全球，在海事工程領域也有卓越表現，在培育專業人才方面，更是成果豐碩。「全臺灣有很多大學設有工程學系，但要說到結合海洋與工程雙專業，培育出最多專業海事工程頂尖人才，莫過於海大的河海工程學系。」海洋大學副校長顧承宇難掩自豪地說：「尤其是現在最熱門的離岸風電，更是河工系的專業領域。」

隨著永續浪潮的推進下，全球對減少碳排放及發展潔淨能源的需求與日俱增，離岸風電成為先進國家重要能源發展項目之一，加上新一代技術與創新解決方案推陳出新，投入離岸風電產業的人才必須具備高度專業與國際觀。顧承宇指出：「離岸風電非常國際化，不只要面對來自全球各地的工作夥伴，就連風機設備、技術等都是從歐洲移植而來，整體規範必須符合歐盟法規。要搶進這塊領域，扎實的專業根基和一口流利的英文只是標配，更重要的是得具備一身國際魂，懂得從國際視野及高度思考，才能與團隊合作。」

而這些能力，海大的學生已全都具備。身為全臺唯一一所「以海洋為核心」的綜合大學，國際化早已融入海大人的基因，蝕刻在教學脈絡中，成為學生畢業後職涯發展的競爭力。

海大國際化的教育視野，根源於臺灣以海立國的基礎。不只有近期因離岸風電而人才稀缺的河海工程系，還包括商船系、輪機系及航運管理系的課程，都是因應高度全球化工作環境而設計；另外，海洋法、《海商法》也與國際脈動息息相關，因此教學上引導學生關注國際局勢與時事更是必須的訓練。

「現在面臨的問題，反而是離岸風電發展太快，我們培訓人才的數量及速度，遠遠追不上產業人力需求。」顧承宇表示，目前離岸風電人力上有大量缺口，包含各類相關船隻、船長、船員及海事工程研發、風場運維人員等，「這是我們透過輸出專業，與國際接軌的新契機。」

因此，下一步，海大希望透過國際合作，招攬有意投身風電產業的外籍生就讀，利用學校的專業資源培育海事工程及其他風電人才，希望外籍生畢業之後有機會續留臺灣，補足部分人力需求。

以全球化為課程基石　整合永續發展全才培訓

契機，往往出現在關鍵時刻。由於漁場和養殖技術都必須考量國際市場取向，近年來全球漁業產量受到過度捕撈影響，反而讓海洋大學在水產養殖技術與人才培育的專業被國際看見。

馬來西亞就是一個例子。為了供應境內眾多穆斯林人口所需，必須嚴格控制養殖及生產過程，以通過清真食物認證，於是約十五年前，馬來西亞水產養殖商就曾跨海來臺取經，與海大水產養殖系合作開設專班，派員學習白蝦及經濟魚種養殖技術。

面對新南向國家崛起，對於水產養殖專業技術求才若渴，海大的專業與影響力已隨著校友和臺商口耳相傳，名聲遠播東南亞。才剛走訪越南返國的顧承宇對此體會至深：「我過去從來不知道，越南肯特大學（Can Tho University，簡稱CTU）竟然有間以海洋大學為名的實驗室。為了進一步解決他們面臨的養殖困境，未來有可能進一步與當地企業合作專班，送當地學生來海大上課。」長期合作建立起的信任與夥伴關係，讓肯特大學與海大有了更進一步的交流。

聖露西亞新任駐臺大使路易斯訪海大，深化雙方有關藍色經濟之氣候變遷、水產養殖及藻類產品合作。（照片提供：顧承宇）

海大身為頂尖海洋高等學府，協助友邦解決困境，則是另一種專業影響力的展現。例如位於加勒比海的友邦聖露西亞與聖文森，其海岸線長期以來受到北大西洋馬尾藻大量增生，因而影響漁獲與船隻航行。在兩國駐臺大使來臺拜訪及求助之前，海大研究團隊就前往現地勘查，希望從生物科技與養殖技術上提出解方。海大食品科學系主任吳彰哲、水產養殖學系副教授李孟洲及海洋中心助理研究員張睿昇等研究團隊，也從養藻、加工處理、初級應用及生技研發等面向提出多項研究成果，協助友邦思考對策。

海大鏈結研究、教學及產業，隨著校友、臺商、合作夥伴與企業在異國開疆闢土，更擴大影響力，走入世界不同的角落，從當地產業需求出發，以專業領軍，進行技術協助與人才培育的國際合作，形成正向循環，吸引更多外籍生主動申請就讀海大。

多元思維雙語校園　在地文化趣味交流

海大校園的組成相當多元，學習氣氛也顯得更加活潑！走在校園中，可以發現許多標示有中英對照，而因為有外籍同學的加入，臺灣學生改以英語為主交談的比例也提高了。耳邊響起越南語、印尼語、馬來語等外籍同學彼此打招呼的對話更是常見。

另外，顧承宇認為外籍生因為專業需要來到臺灣學習，海大有義務帶著他們適應臺灣的生活。為了幫助外籍生更快了解臺灣生活文化，一本由國際生視角出發，現身說法的《外籍生留臺生存手冊》，彷彿是學長姐給學弟妹的葵花寶典，以輕鬆幽默的生活實例，呈現各國外籍生在臺生活的文化衝擊；同時也設計以校園為生活情境的《留學生華語》，輔助外籍生練習日常對話，加速他們熟悉與同學互動，應付課業及生活所需的華語。

海大的雙語環境，不僅對外籍生與本國生深具意義，為了鼓勵老師提供雙語教學，也提高一點五倍鐘點費，同時補助十萬元協助教材及教具更新；此外，年年為大學生舉辦的海外交流、實習、締結姊妹校與交換學生等活動，用意不僅是邀請外籍生走進來，也讓本國生能前進世界。顧承宇期許這些雙向交流能帶來更多火花，「我們同時希望外籍生為本地生帶來國際化刺激，讓他們看到世界的趨勢變化；本國生未來也願意從臺灣走出去留學和就業，再把更多新的觀念和趨勢帶回來。」

擁抱世界，是臺灣在面臨少子化衝擊之下，高教永續必然的趨勢。然而，該如何掌握自我特色，擘劃出前進的軌跡？善於規劃國際合作專案的顧承宇說，祕訣只有一個：「要跑得比其他國家快！」

要搶進離岸風電領域，得具備一身國際魂，懂得從國際視野及高度思考，才能與團隊合作。

STORY

25

減災任務 考驗海大團隊應變力

現代大禹 順水同流的疏浚智慧

山高水急是臺灣地形的一大特色，但壯麗景觀的背後隱藏著雨水直奔入海、保水不易的危機。再加上極端氣候下帶來的短時強降雨與乾旱，在在考驗著水利、災防單位及專家的智慧。

海大河海工程學系特聘教授李光敦率領的地理資訊系統研究中心研究團隊，長期受到政府單位委託，以「減災」為核心理念，開發出多套實用的水利、災防相關系統，規劃水利工程建設、災害管理措施，從源頭降低土石流、洪災、溢淹等災害對生命與財產帶來的威脅，也把經驗帶到東南亞、印度，協助新南向國家處理洪災問題。

真正的「流量密碼」數據中的人文思維

臺灣位於西太平洋颱風活躍區，雖然近年較少颱風接近而有缺水的現象，但過去每年因颱風造成的經濟損失高達數十億到上百億元，更別說人員的傷亡。「預防重於治療」，李光敦表示，面對可預期的災害，妥善規劃防災工程建置更為重要，「如果有一套系統可以方便使用，預防與治療兩者兼顧，不是很好嗎？」為此，李光敦帶領海洋大學團隊催生出全國首創的「臺灣地區重要河川流域整體規劃水文與水理設計分析系統平臺」。這套系統不僅整合了二十六條河川流域集水區內的地文、水文、水力等資訊建立系統性的工作平臺，只要點選地圖上任何位置，系統就會自動擷取對應的地形資訊，連結水文資料庫，自動分析最新資訊，以便進行適當的防災工程規劃設計。

「工程不是科學，是應用！」李光敦表示，傳統水利工程施工前會蒐集長期且大量的水文紀錄，透過雨量、河川水位、河川流量、地下水位等集水區內水文分布情形，與地質、坡度、植被等地文條件綜合分析，作為水利工程規劃之依據。然而，在實務上不一定是這麼一回事，「就像翡翠水庫興建之前，距離大壩最近的乾溝流量站也遠在五公里之外，壩址處根本沒有水文紀錄可以參考。」

為了解決無水文紀錄地區的水利工程困境，李光敦與美國伊利諾大學的顏本琦教授共同研究、發展出來的「運動波——地貌瞬時單位歷線模式（KW-GIUH）」，可應用於無紀錄地區進行防洪工程規劃與即時洪水預報。

李光敦教授持續致力於推動減災，宛若現代大禹。

分流治水　都市減災永續利用

「水火無情，相較於其他物種，人類面對災害的承受度最低。」李光敦在過去幾年間，就透過國科會的經費挹注，海洋大學研究團隊陸續與俄國、印度、中國及泰國合作，利用 KW-GIUH 在當地建置防洪預警系統，在人道價值之下，將理論應用於實際工程層面，讓災損減到最低，甚至因此受邀到亞洲開發銀行分享模式與資訊系統平臺的發展，創造後續國際合作契機。

目前，研究團隊正與泰國的 Prof. Chaiwat Ekkawatpanit (King Mongkut's University of Technology Thonburi, Bangkok, Thailand) 合作，以 KW-GIUH 與河道演算模式，在泰國四大河川之一的永河（Yom River）流域建置洪水預警系統，透過這個合作案，可以看到科技決策中的人文思維。「過去雨季一來，永河就氾濫成災，但是被洪水沖積至兩岸的河泥，正好形成下一季農耕的沃土。」李光敦認為這對於經濟條件較差、以農業為生的地區來說，更像一種上天的恩賜，於是建置災防設施時，不考慮加高堤防，而是改採示警系統，將洪災對生計的影響減至最低。

李光敦表示，小時候住在臺北市螢橋一帶，由於靠近新店溪，地勢較低，每逢颱風來襲必淹水，這時他就和兩個姊姊折起紙船，看著它們在淹水的客廳中飄來盪去，玩得起勁。然而，隨著社會環境的改變，同樣的場景如果換成現在，人們必定暴跳如雷。因此，近年海洋大學研究團隊也把一部分重心轉向協助營建署推動「都市總合治水」，內涵包括：更新改善下水道排水，分流規劃、建置滯洪池多目標使用、都市雨水調節等工作以及「都市溢淹示警系統」，以各地雨水下水道設計標準為基礎，設定雨量警戒值，提供全臺三三二個鄉（鎮、市、區）的都市淹水即時警戒資訊，以作為示警疏散之用。

從進入海洋大學服務以來，李光敦持續致力於推動減災，也率領海大研究團隊協助水利署、營建署建置各項相關系統，漸次推動永續水資源運用，也讓他榮獲二〇二二年大禹獎肯定；即將進入退休生涯的他，不僅熱忱未減，心中也對教學、研究與服務保持強烈的信念。

STORY

26

ＡＩ化身科技送子鳥

智慧判讀助好孕　積極解決少子化國安危機

現代年輕人為了追求事業成就與自我實現，晚婚晚育成為社會普遍的現象。也有愈來愈多的高齡夫妻選擇借助生殖科技求子。然而植入胚胎的品質攸關人工生殖的成敗，優質的胚囊可大大提升成功懷孕的機率，減輕求子過程的經濟與身心的負擔。

在生殖科技的輔助下，醫生為了提高胚胎的著床率，成功懷孕，首先要挑選高品質的胚胎植入母體，在未導入智慧判讀之前，胚胎的選擇都是由胚胎師透過顯微鏡，觀察囊胚的外觀及細胞分裂情形，評斷胚胎的品質及分級，但實務上，顯微鏡視野、亮度、角度，甚至是鏡檢範圍大小，都可能影響判讀，一般人工預測囊胚植入後懷孕率約六成左右；若導入ＡＩ技術，可藉資料標註概念綜合多名胚胎師之評判標準，以結構化文字方式表達並統整抽象的「經驗法則」，經深度學習的特徵檢測方法分析艱澀難懂的高維度數據，從中找出獨立性高的重要特徵，再與醫師及胚胎師討論，除在應用上達到提升高品質囊胚判讀準確率效果，減少誤區的產生，也達到學界與業界的更進一步交流。

強強聯手 ＡＩ精準預測好孕兆

為了讓不孕求子路走得艱辛的父母減輕身心及經濟壓力，現任國立臺灣海洋大學人工智慧研究中心主任的電機工程學系教授王榮華，帶領研究團隊共同開發「ＡＩ囊胚影像判讀系統」，運用最新的智慧影像科技，輔助挑選優質囊胚並預測懷孕機率，降低一次植入兩顆以上胚胎可能造成的多胞胎風險，可望為生殖醫學發展帶來更多的智慧契機。

研究團隊由王榮華、博士生黃仁傑、碩士生林映任及鄭銘凱、大學生林楷恩及助理研究員陳振耀，與臺中榮民總醫院婦女醫學部主任陳明哲合作，由臺中榮總提供囊胚影像資料、記錄胚胎成長的ＴＬＩ縮時影像、臨床數據及囊胚品質評級等資料，利用胚胎縮時攝影監控培養箱（Time-lapse Incubator, TLI）二十四小時無間斷記錄胚胎培養的過程，隨時監控如內細胞團（Inner CellMass, ICM）或滋養層細胞（trophectoderm, TE）的變化情形、細胞分裂情形與數目是否正常、有無碎片等細微變化，再藉ＡＩ技術輔助胚胎影像特徵判讀，以精準分析胚胎生長情形進而預測著床率。

影像分析輔助數據　胚胎監控提高良率

不過，生殖醫學智慧影像辨識科技也面臨一項重大的挑戰，畢竟生殖醫學不像每個人都會感染到的普通感冒，不孕症只占總人口數的一小部分，因此研究團隊收集到的病歷個案資料略顯不足，尚無法被稱為大數據，對ＡＩ技術來說屬一大挑戰。在數據量不夠大的情況之下，研究團隊結合影像分析技術降低其他變因的干擾，以提高深度學習判斷準確率。

王榮華表示，目前這套系統，已準備進入臨床試驗，依臺中榮總提供之臨床數據與囊胚品質評級資料進行植入後懷孕預測，平均準確率可大於七〇％，最佳準確率高達七七％。而本團隊開發的ＡＩ模組具備高擴充性及高度客製化的服務策略，可讓這套系統便利地套用到任何一間醫療院所或生殖中心，依據不同機構、不同醫師甚至是不同患者的作業需求調整囊胚品質評斷依據，讓ＡＩ技術不再只是一個黑盒子，可依醫

王榮華教授與研究團隊共同開發「ＡＩ囊胚影像判讀系統」，為生殖醫學發展帶來更多的智慧契機。

師設定的囊胚品質評斷依據，對ＡＩ產生的評斷結果進行解釋，且可使ＴＬＩ系統、醫療系統與胚胎師各自針對囊胚進行篩選、評級再交互參照比對，以達到ＡＩ輔助的效果，不僅可作為臨床生殖醫學或訓練胚胎師之用，更落實ＡＩ臨床醫療產品技術落地化的政策。

「無論是醫生或求助醫學的不孕症夫妻，對於新科技的最終期待之一，還是能提高多少人工生殖成功率。」王榮華表示，「ＡＩ囊胚影像判讀系統」搭配自行開發的視覺化ＵＩ介面軟體，讓醫生可以依據自身的經驗，客製化設定如子宮內膜厚度、卵泡數量、黃體素變化等特徵、參數與數值區間，預測囊胚植入後懷孕率，搭配醫護人員的專業經驗，提升人工生殖成功率。這項技術不僅獲得國際智慧醫療高峰會「優秀作品獎」肯定，與臺中榮總合作發表論文也獲臺灣生殖醫學會評選為prize poster（優秀論文海報），目前正朝向能夠「隨時挑選不同特徵組合以應對各種條件組合之懷孕率評估」申請臺灣專利與ＦＤＡ認證；針對患者最重視的個資部分，目前正與池安量子資安洽談合作，研究在現階段及後量子時代下針對資料安全保護研擬具前瞻性之解決方案。

臺灣的少子化已經被視為國安問題，恐將影響國家發展，王榮華教授期盼未來在既有基礎上持續研發最新有效的ＡＩ技術、培育跨領域優秀人才，並與更多國內外醫學中心合作驗證數據，在不孕症和生殖醫學上做出突破性的貢獻，讓智慧醫療能化身為科技送子鳥，為國家社會之人口危機略盡棉薄之力。

胚胎

胚胎的發育從受精開始，經過一系列細胞分裂和分化過程。最初的受精卵在受精後會開始分裂成 2 細胞、4 細胞、8 細胞等階段，然後繼續分裂，形成囊胚。囊胚通常在胚胎發育的第五到六天出現，具有以下主要結構特徵：

- 內細胞團：位於囊胚內部，將來會發展成胎兒。
- 滋養層細胞：包圍著內細胞團，支持胚胎的生長，將來大部分會形成胎盤。
- 囊胚腔：囊胚中央有一個填滿液體的腔。

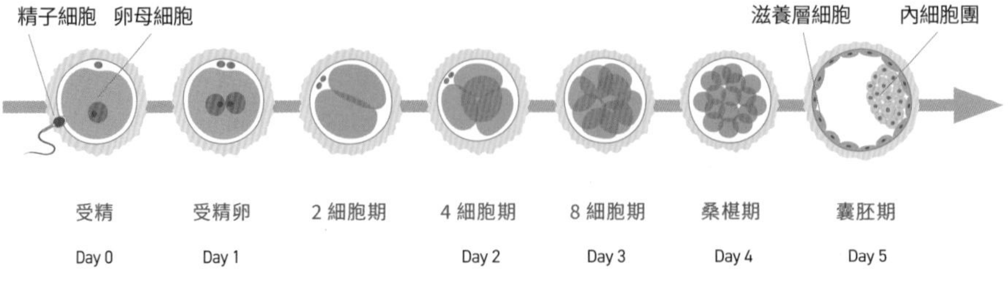

（圖片提供：Shutterstock）

STORY

27

海上造夢者——與海拚搏的引水人

孕育專業海事人才的溫床

學子們在擬真的駕駛艙中接受扎實的培訓，一步步朝海洋夢邁進。

每一趟從港口出外海，不管風平浪靜或浪高三尺，站在領港船上的引水人，都必須順浪勢靠近等待進港的船隻，再攀上引水梯，引導船長將船平安靠港。

目前全臺灣領有執照的引水人不到百位，論件計酬的年薪最高可上看千萬，然而指揮船隻進港的挑戰高，尤其是天候不佳時，簡直就是拿命與海拚搏，即使是落水或骨折，都得忍痛爬進駕駛艙，完成引導任務。如此專業導向的工作，想成為專業引水人，必須先擁有船員以及三年船長的完整歷練，才具有報考資格。

扎實演練　一步步實踐海洋夢想

引水人是國家門面，也是外國船隻進港對臺灣的第一印象，專業自然不在話下，「他們事先都會藉由模擬機實地演練如何帶船。」海事發展與訓練中心主任同時也是商船系教授的郭俊良說：「另外，我們也培訓引水人的前身，也就是商船甲級船員。」

原來在海洋大學裡頭，就有一座交通部航港局委託訓練、發證的「海事發展與訓練中心」，裡頭擁有逼真的「操船模擬機」及「自動測繪雷達（ARPA）模擬機」等精密設備，讓有志航海的人演練各種情境，輪機工廠的鍋爐、模擬及高壓電等甲板下的設備也一應俱全。

這座由交通部大力支持的海事發展與訓練中心，除了承辦交通部委託的各項船員專業訓練，包括：求生、滅火、救生艇筏操縱、急救及雷達觀測等《航海人員訓練、發證及航行當值標準國際公約》（STCW）所要求之強制性訓練之外；也接受海岸巡防署、海軍官校及各航運公司的委託，協助專業人才展開多元交流訓練。對於擁有海洋夢的人來說，每當走進擬真的駕駛艙中，就可以立刻感受到在船上的漂浮感。一群穿著白衣黑褲制服的大三商船系同學，眼睛盯著前方的環狀螢幕，雙手忙著操作儀器，依據老師在操船模擬機上設定的船型、舵效、船速等基本參數，模擬避開正在進港的其他船隻，穩穩的將船安全駛離港口。

畫面轉到樓下的輪機工廠，只見一群跟著老師穿梭在鍋爐間的學生，每個人身上穿的是不同公司的制服，簡直是國內各大海運公司大集合。原來他們全都是「學士後輪機工程產學合作專班」的學生，即將在企業業師與海大老師的專業帶領下，展開約一年半的學習，除了完成船員專業訓練，取得商船系八張、輪機工程系七張必備證照，還要上船實習一年。郭俊良表示，為了讓學生更清楚船上實務，海大聘請多位資深船長和輪機長級的老師，進行訓練和考證的輔導。郭俊良自己也曾跑過七年船，從大副退下來後，懷抱傳承經驗的心意，轉而投身教育行列。

海事發展與訓練中心裡還設有輪機工廠，提供學生近距離學習船上輪機實務的機會。

後疫時代運輸需求大增　各家航運爭相求才

能乘著大船航向遠方、環遊世界，加上船員的薪資待遇向來優渥，但過來人郭俊良笑著說：「其實這份工作背後有許多不為人知的挑戰。」首先就是要耐得住寂寞，因為往往一上船出海，可能就會快花上一年的時光，有時還會連續好幾天看不到陸地，加上通訊不方便，在工作之餘必須保有自己的興趣，妥善規劃時間。至於大家最好奇的薪資，遠洋三副月薪大約十四萬元、升到船長的月薪則大約有三十萬元，收入頗豐。

由於工作環境的特殊性，讓船員一職長期以來都處於事求人的狀態，尤其是又熱又累的輪機工程師最缺人才。再加上疫情期間航運需求增加，各家航運業者紛紛起造新船、擴大經營之餘，更展開搶人才大戰。另外，值得一提的還有因應二〇五〇淨零碳排的永續浪潮，「甲醇船」也成為航運業減碳新解方，光是長榮海運近年就訂購了二十四艘，郭俊良說：「這些船隻與運量所創造的職缺將會愈來愈多。」因此，近年來各家海運公司也紛紛以捐贈設備、產學合作的方式，與海洋大學合作開辦「學士後海事人員產學班」，大舉培訓人才，同時也提撥更多獎學金支持大學部的學生，希望鼓勵他們畢業後能直接上船工作，成為海上生力軍。當然，未來人才如果要想在業內順利晉升成為高階幹部與船長，同樣也要經過海事發展與訓練中心的培訓。

女船長正夯　跑船性別無設限

性別平權意識抬頭，在世界船運龍頭馬士基（Maersk）宣告二〇二七年要達到男女船員各半的政策下，已陸續培育出多位女船長。海大商船系自從一九九三年招收女生至今，表現更是巾幗不讓鬚眉，已有兩位女性獲得引水人執照，分別是在冰島任職的汪聖瑛及在臺北港服務的黃昭玲，這對於嚮往海上生活的女孩來說是很大的鼓舞！郭俊良表示，現代商船甲板上的工作大部分都已機械化，跟過去需要大量消耗體力的形態不太一樣，再加上如天然氣船等特殊船舶的操作更為細膩，所以女性船員在船上表現同樣優秀，就連結婚生子也照樣晉升船長、繼續上船工作，「現在講究職場性別平權，我希望未來海大培育出來的學生，只要想跑船，不分性別，都可以在船上找到屬於他／她的位置。」

STORY

28

從紙圖到電子航行圖的海上數位轉型

守護臺灣船舶安全的先行者

臺灣位於東亞樞紐，兩側有洋流通過，形成豐富的漁場、海運發達，加上近年來大推離岸風電的浪潮，讓臺灣沿岸水域更加繁忙，各種作業船隻穿梭其中。有了能快速更新、呈現實況的「電子航行圖」，才能幫助船隻在航路上避開潛在風險，確保航行安全。

和陸上的導航不同，由「海洋大學電子海圖研究中心」推動發行的電子航行圖（ENC），以及用於船上的「電子海圖顯示與資訊系統（ECDIS）」，不只具有顯示方向、定位，還有航路追蹤、避免與他船碰撞等功能，更重要的是能搭配本船參數、航路計畫和即時動態，告知行經路線的水深、障礙物、海事工程等，警告船舶避開危險，確保安全。

引領航運界的數位化浪潮

航海圖是船舶不可或缺的海上指引，隨著科技發展數位化是必然趨勢，而符合國際標準且由政府授權製作發行則是必要條件。「海洋大學電子海圖研究中心」主任暨通訊與導航工程學系特聘教授張淑淨早在一九九七年起，就率領研究團隊建立ＥＮＣ製圖和應用技術，因此在二〇〇八年，當國際組織要求各國完成ＥＮＣ，以供高速船必要的ＥＣＤＩＳ設備使用時，已協助政府完成涵蓋全臺海域的國際標準ＥＮＣ。但當時礙於國際政治因素，臺灣自己的ＥＮＣ無法發行。航行於臺灣海域的船舶只能使用英國海測局（UKHO）從紙海圖數化製作的電子航行圖。

二〇〇〇年，張淑淨從航海系轉至新成立的導航通訊系任職，開啟漁船監控系統（VMS）和自動識別系統（AIS）的研究，落實應用海圖與定位通訊監控技術於我國遠洋和沿近海漁船管理，透過ＡＩＳ擴及沿岸商船，進而以大數據建構船舶交通流分析和動態偵測預警，發展ＡＩＳ海氣象資訊服務。二〇一二年，臺灣開始推動離岸風電，即以此基礎執行航安風險評估與航道規劃。

二〇一二至二〇一八年是國際公約要求商船安裝ＥＣＤＩＳ使用ＥＮＣ的轉換期，張淑淨從實務研究中深刻感受到由臺灣自己直接以最新資料製作維護ＥＮＣ的必要性與急迫性，因此積極爭取於國際海測組織（IHO）的會議中，以具體事實為臺灣ＥＮＣ發聲。

在海大團隊和內政部共同努力之下，臺灣終於在二〇一九年二月，透過挪威區域電子航行圖協調中心（PRIMAR）正式在國際間發行電子航

張淑淨教授與海大電子海圖研究中心推動發行電子航行圖，成為航道管理及航行安全的最佳助力。

行圖。至二〇二三年六月為止，已經發行一一〇幅，涵蓋臺灣海域沿岸、近岸、港區及靠泊等航行用途，內容則以最新測量和蒐集確認的資料編製，軍事演習、海域工程或鑽探調查等資訊都能即時更新。

堅持夢想 一路向前

「別人還沒做的時候，我們就已經開始做了。」回憶起二十多年前，航運界數位化風潮才剛興起，張淑淨想做貼近生活的應用研究，自然而然就從能提升航行安全與效率的電子航行圖切入。但她也坦言，在當時，電子航行圖是很冷門的研究方向，以她一個主修半導體的電子工程博士，要進入航運領域，並不容易，「還好有船長公會，讓我們了解在海上的實際需求。」

「當我們收集愈來愈多船舶和海域資訊時，就開始思考如何進行有序的航道管理，維護航行安全。」張淑淨提到，初期離岸風電工程與規劃的航道措施幾乎同時展開，「看到船很靠近才緊急轉彎，甚至撞到航標才發現，相當危險。」正因為沒有購買臺灣ENC的外國貨輪或化學船誤入風場範圍的事件頻傳，更加突顯推動臺灣電子航行圖的重要性。

張淑淨表示，海洋大學電子海圖研究中心將繼續從臺灣走到全球，持續參與IHO資料標準的研訂工作，並負責其「S-131港埠基礎設施資料庫創新技術計畫」的軟體研發，讓全球港口在同一平臺上傳或輸入資訊，各國的海測局能將資訊編入S-100系列新標準，更能支援智慧航行的數位航海資料產品，整合運用於S-100 ECDIS，讓船長能掌握資訊，妥善規劃停靠港口，從離泊到靠泊，提升海運的安全、效率與環保。

ECDIS

ECDIS是電子海圖顯示與資訊系統，也是一種船舶導航和安全系統，它利用電子航行圖（ENCs）和導航感測設備顯示船舶的位置、航行路徑並執行偵測預警，從而協助船員進行規劃航路、導航和避免危險。ENCs則是一種以電子資料庫形式儲存的海圖，包含了豐富的航行信息，可供ECDIS系統使用，從而提高航行的效率和安全性。

STORY 29

風城囝仔落腳雨港　攜手母校孕育海事人才

堅持自己的航道　溫暖助學子築夢

「臺灣四面環海，對外貿易與運輸主力為海運，念航運管理的前途無限！」時間回到一九七〇年代，當時仍就讀於新竹中學的洪英正，就已經看準海運不墜的發展趨勢。他會與高中同學們侃侃而談自己的想法，顯得與眾不同。

彷彿預言成真一般，大學聯考後，洪英正從風城來到雨港，成為海洋大學航運管理系的新生。然而報到當日，母親陪伴他走在前往宿舍的小路時，兩旁所見的不是絕美海景，而是黑壓壓的違章建築，空氣瀰漫著一旁加工廠傳來的魚腥味，心疼兒子的母親因而苦勸他重考其他國立大學。

但是看準航運發展的洪英正安慰母親，這是自己喜歡的科系，這裡就是最好的選擇。於是母親也不再堅持，放手讓他快樂地走在自己認定的航道上。

大四那年，洪英正以非法律系榜首之姿，進入海洋法律研究所，「航運、海商法本一家，法律是從幾百年航運商業習慣沿襲而來，所以讀兩年之後，我的商通了、法也通了。」這兩樣法寶成為他縱橫航運業、甚至後來創業的祕密武器。一九九九年，他創立聯興國際物流，成為基隆港第一家民營貨櫃碼頭公司，以內陸貨櫃集散站、港口代理及貨櫃拖車車隊等完整的港口貨運線，服務來自世界各地的航商，從此在基隆落地生根。

傳承母親溫暖　攜手母校培育人才

「我的母親是個溫暖的人，生前熱心助人。在她往生之後，我想要延續這份溫暖，分享給別人。」因此，洪英正在二〇〇二年承接了「海鷗春陽文教基金會」。與此同時，他也感念學校對自己的栽培，於是與母校共同合作，設置「英文表現優異獎學金」及「海運職涯發展助學金」，蓄積海洋大學海事教育的發展能量，提升臺灣整體海事育才的國際競爭力。另外，基金會多年來也資助推動基隆地區相關的文化及公益活動，例如長年協助基隆地區「犯罪被害人的家庭」，提供家屬小孩長年的課業及生活輔導，協助他們正常成長，減少遭受不幸事件的干擾與影響。

「海運航道不在淡水河或新店溪，人才要走向世界、深入全球，英文能力絕對是關鍵。」洪英正強調。他也以自己在航運界幾十年的經驗為例，「跟世界各地的客戶打交道，能不能直接溝通很重要，有些人工作能力很強，但是英文能力不足，就無法獲得升職的機會。」

然而，英文能力的培養並非一蹴可幾，因此，基金會針對在學期間多益成績達到八六〇分至滿分九九〇分或相當檢定級別以上的學生，提供五千元至三萬元的獎學金。光二〇二三年就發出二十四萬元獎學金給三十位同學，其中有十八位同學多益成績達九〇〇分以上，獲得一萬元獎學金；八六〇分至八九五分則有十二位，分別獲得五千元獎學金。

認真就是傳奇　在屬於你的航道上發光

基金會從創立至今，不僅提供助學金，也提供至聯興國際實習的機會，讓海大學生能安心就學，並提早認識航運業的多元面貌。洪英正與海大一起努力，為航運業長期以來的人力缺口貢獻心力，孕育海事人才就業即戰力。

「海運的需求不會消失，認真就是傳奇。航運相關產業大概有七、八種，像是貨運承攬、貨櫃運輸集散與倉儲等，海大畢業生要學以致用，不只有進入船公司一途。」洪英正期待透過海鷗春陽文教基金會發揮更大力量，幫助每位海大人找到通往羅馬的那條路，在航運界的每個角落，為自己寫下美好的人生故事。

洪英正董事長凝聚校友總會、海鷗春陽文教基金會的力量，助海大學子邁向航運之夢。

STORY

30

踏出校門後的各自精彩

共筆海大人的奮鬥史

典範，透過演繹、傳承之後，經由創新，方能淬鍊出更多元的樣貌，而這也正是一代代海大人接力奮鬥，寫下的經典。

海洋大學在過去七十年歲月之中，孕育出許多優秀的海事、經營、商管、教育等相關人才。這些傑出校友踏出校門以後，在各自領域努力不懈，經歷各式挑戰與不為人知的挫折和失敗，克服各種難關，最終在各行各業發光發熱，成為頂尖人物。若能凝聚校友的成功經驗，定能提升海大的教育能量。

「如果這些人生經驗能夠帶給學弟妹一些啟發，就是我們對母校的最好回饋！」基於這樣的信念，校友總會開始討論開設校友講座的可能性。

王光祥董事長邀集校友開設「王光祥講座」，傳承寶貴的經驗。

失敗比成功更值得學習

於是，在當時擔任校友總會長王光祥及現任總會長林見松的策劃之下，「傳承與創新——王光祥講座」於一〇七學年度起正式開課。這是一門開設於每學年第二學期的熱門通識課程，在每週二下午為期兩小時的課程中，可以容納一百二十人的教室總是座無虛席。

對於海大學生來說，這是千載難逢的機會，能夠面對面接觸這些業界成功人士，聆聽他們從不同角度詮釋生命歷程及產業趨勢，對於未來的職涯規劃有莫大助益，因此跨系級選課的學生相當踴躍。

「大家都喜歡聽成功的故事，但是我更在意『失敗』經驗的分享。」王光祥擔任第一堂課的講師，除了分享他二十三歲當兵回來，工作三年後，二十六歲才進入海大輪機系夜間部，邊工作邊讀書，讀了九年才畢業的故事，更重要的是暢談從南部北上、從求職到自行創業之間經歷的起伏跌宕，「一次失敗至少要花三倍時間彌補，同學若能多從學長姐的失敗經驗中學習到避免失敗的方法，就是一種獲得。」

王光祥也相信，許多臺下的海大人未來將勇敢邁向創業之路，他希望大家成功之後，都能抱持著「在本業當志工」的心態，追求大我的勝利，為更多人謀福祉。

在持續一學期的課程中，包括知名導演李崗、阿默企業董事長周正訓、全球前五大遊艇製造商嘉鴻遊艇集團執行長呂佳揚、全球首屈一指的螺旋槳製造商般若科技林允進等成功企業人士，全都返校擔任講座講師，成就海大人薪火相傳的意義。

以燈塔般的存在　領航指引人生智慧

將近六十歲才進入臺大念研究所的王光祥認為，尊師重道及良好的學習態度是成功與幸福人生的關鍵，為了鼓勵學生不缺課、不遲到、不早退，他提供每人一千元的全勤獎學金，每學期平均約有八、九成學生從未缺席。另外，他也分享自己念研究所時，每週上完課之後會撰寫財經分析報告，其中有一篇從雷曼兄弟風暴分析當時整體經濟走向的報告，還獲評為國家級報告的好評。因為發現心得報告的重要性，王光祥要求參與講座課程的同學必須繳交心得報告，以此作為學期分數，同時也是爭取學期末最佳報告獎學金的機會。

以一〇九學年度為例，當時商船系大三王婷莉表現優異，以學期總分一〇八分拿下「傳承與創新——王光祥講座」第一名，立志跑船的她讓擔任講師之一的陽明海運董事長鄭貞茂印象深刻，更因此獲得進入企業實習的機會。

「透過這堂課，每位講師傳承的是用歲月積累的人生智慧，希望為同學們在學術殿堂與實際職場之間開一扇門，幫助他們勇敢航向未來。而藉由同學自我成長的過程，也幫助自己成為被伯樂看見的千里馬。」王光祥說。

大學是鼓勵思考的場所，如同海大校長許泰文在一一一學年度開學典禮提到的，他在學生時代也曾經迷惘過，透過這麼多學長姐的無私分享，更容易幫助學生撥開迷霧、看清本心，努力奮鬥與創新，寫下新一頁海大人的故事。

「傳承與創新——王光祥講座」深受學生喜愛，場場爆滿，座無虛席。

STORY

31

為山海校園 植種「森森」不息的感動

一起為現在與未來種下永續的樹苗

這是茄苳，一整排屹立在海寧校區門口處的中軸線兩側，萬年長青的茄苳大道，未來將綠蔭成林，成為每個海大人的校園回憶；這是臺灣原生種的百年老樟樹，為育樂館前帶來一抹醇香；這是黃槿，起風時會以優雅的姿態，減緩風沙吹襲；這是大葉欖仁，在夢泉、人文大樓及舊北寧路運動場邊，化做層次分明的林蔭，為海大人遮陽；這是臺灣欒樹，晚秋時節，一樹黃紅相間的花果襯托綠意，展現校園內的勃勃生機。

近百校友種百樹　共植海洋森林

由海大校友總會發起的「為母校種樹」活動，從二〇二二年四月二十二日世界地球日起跑，號召校友們心懷「十年之計莫如樹木，終身之計莫如樹人」的使命感，結合人才培育及環境教育，將倚山傍海的海洋大學，打造成一座海洋森林。

在總會長林見松、榮譽理事長王光祥與洪英正拋磚引玉之下，短短不到三個月，這項校園永續綠化工程，獲得來自全球各地共九十七位校友熱烈響應，捐款達一千萬元。眾人同心協力，為的就是在海埔新生地的校園植下樹苗，讓一百零五棵大樹從此在海大校園生根、茁壯，成就未來林木蓊鬱的盎然綠意，打造一座山海校園。

回想起當時由於仍在疫情管制期間，許多國外校友如馬來西亞校友會或美國當地校友，即使無法親身參與，仍因感念母校對自己的培育而出資購樹，甚至在疫情過後結伴返臺。而因為海大是全臺對於海事教育培訓最完整的大學，因此優秀的海大校友幾乎遍布全臺海事相關產業。身為植樹活動推手之一的林見松表示，藉由這次校園永續的植樹活動，應酬時與朋友一聊之下才得知，原來對方也是海大校友，朋友當下便毫不猶豫地表示要共襄盛舉，一起參與為母校種樹的活動。

為了記錄這些感動的瞬間，每棵樹的前方都有一張在校同學設計的樹牌，樹牌上寫下植樹人或單位的名稱，只要拿起手機掃描上面的 QR Code，就可以連結到「為母校種樹」的專屬網頁，了解活動緣起、植樹芳名錄及參與永續校園的方法。

植樹推手親身實踐　百年樹人終為海大

林見松回顧求學時影響自己最深的人，是在海大執教三十多年、畢生慨捐超過新臺幣一億餘元回饋母校的教授林光。林光身為臺灣前五百大服務業之一的沛華集團創辦人，不僅將海、空貨運承攬事業經營得有聲有色，也創辦全臺唯一的中英雙語《航貿週刊》，可以說臺灣前幾名的承攬業菁英幾乎都出自於沛華。

林光除了作育英才無數，更將薪資和退休金全數投入海事教育，設立獎助學金、贊助研討會等，同時以企業之名，捐助七百萬元校務發展基金及每年一百萬元訓練基金，與海大共同設立「沛華航運物流管理學院」，並以妻子王素貞的名義，耗資七千多萬元捐建沛華大樓（航海管理學系二館）。他不僅是創校以來捐款最多的校友，更是唯一獲頒教育人員最高榮譽「教育文化專業獎章」的傑出校友。

在林見松總會長的號召下，校友們齊心為海大種下百餘棵樹，打造山海校園。

「我大三、大四就在他的公司實習，學習到許多經營事業的方法，讓我在三十二歲創業之後，一路走來都比別人順利。」林見松事業有成後，總不時想起林光在過去幾十年間，以實際行動實踐「樹木樹人百年大業、涓滴成流終為海大」的理念，也鼓舞自己要回饋母校，提供獎學金鼓勵學弟妹向學。

要讓一座足球場大小的森林在地球上消失，需要多久的時間呢？當讀完前面那句話，兩座足球場大的森林已然成為曾經，這些號稱地球之肺的森林消失，代表著大量二氧化碳將重新被排入大氣，將嚴重影響減碳進程與氣候變遷、生物多樣性及糧食生產，因此，海洋大學將採取各項行動，傳達環境永續的概念。除了持續推動「為母校種樹」之外，濱海校區也將以造灘、造景，配合同步進行的雨水循環與綠能應用等規劃，落實海洋大學營造永續校園的決心。

國立臺灣海洋大學「關鍵數字」

致力專業研究

2022 年
SCI、海大期刊論文發表達 **765** 篇

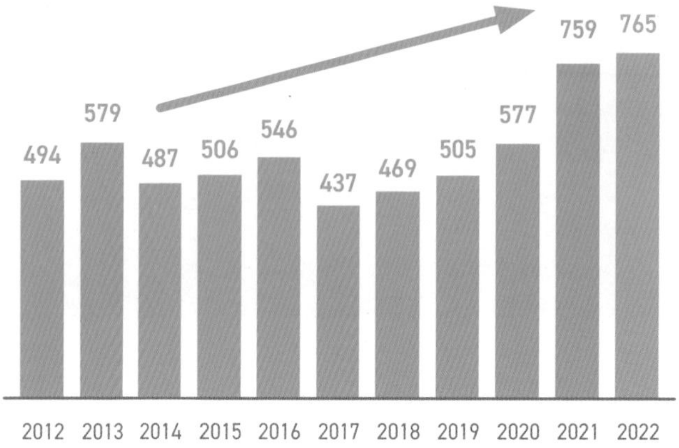

2013~2022 年 SCI ＋ SSCI ＋ ECSI 研究期刊論文篇數

海大 IEET 工程認證
全數通過全國 **第 1 名**

2017 - 2019 年
全世界海洋海事大學
科研與教育評比 **第 1 名**

全國 2023 年
USR 計畫
通過件數和經費 **第 1 名**

產學合作亮眼

2013 ～ 2022 年研究計畫總金額
從 6 億元上升至

13 億元 以上

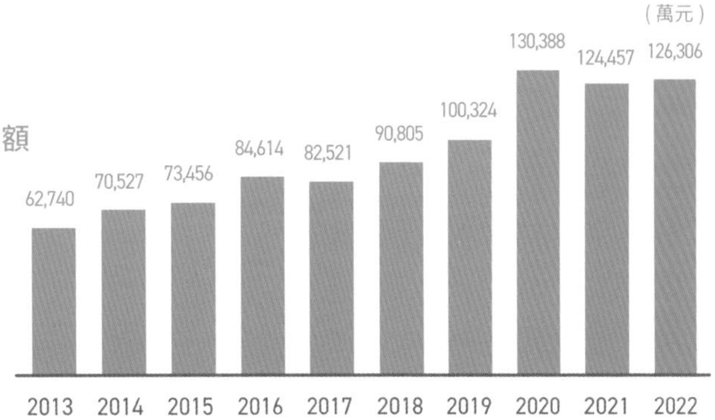

● 2023 年度研究計畫總金額已達

12 億元

● 2021-2023 年技轉金額已超過

7,000 萬元

2023 年獲中國工程師學會評選為

產學合作績優單位

NO.1

提升國際影響力

2021 年

全球前 2%
頂尖科學家榜單
World's Top 2%
Scientists

海大

28 名

學者入榜

提升國際排名與科研量能

國際學術網站 Research.com 發布 2023 年頂尖科學家與大學排名

全球頂尖動物科學大學排名
連續兩年蟬聯全臺

第 1 名

生態與演化領域
全臺

第 2 名

環境科學領域
全臺

第 4 名

英國「泰晤士高等教育」2023 年世界大學排名

海大全國排名進步到

第 12 名

產學合作收入為全球

第 157 名

三大領域論文引用次數
居全球前

1%

動物與植物學
PLANT & ANIMAL SCIENCE

工程
ENGINEERING

材料科學
MATERIALS SCIENCE

《海洋學刊》

為國內大學第一個雙 I（SCI 與 EI）
引用之期刊

國際人才培育

● 積極境外招生

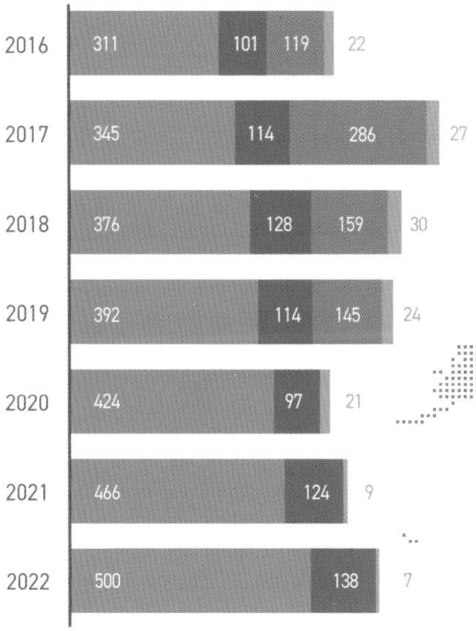

2016~2022 年第一學期境外生人數統計

■僑生 ■外籍生 ■陸生（交換生）■陸生（學位生）

● 強化國際交流合作

2022 年共與

107 所

國外姊妹校合作穩定

大學社會責任

《遠見雜誌》

2023 第四屆

USR 大學社會責任獎

海大榮耀成果

生態共好

首獎

三漁興旺計畫

在地共融

楷模獎

逗陣來貢寮——打造共生共存共享的山海美境

人才共學

楷模獎

打造國際旅遊島團隊

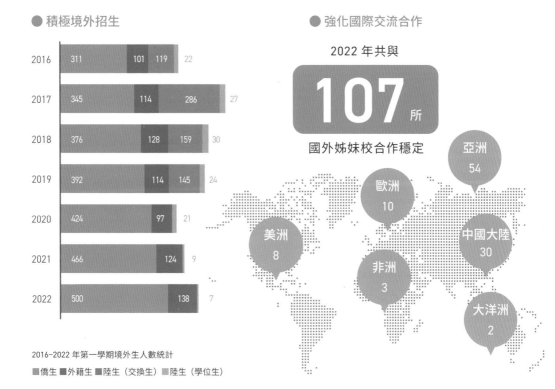

乘風躍浪 定錨下一個海洋世代

發 行 人　許泰文
召 集 人　莊季高
總 策 劃　林正平
總 編 輯　黃雅英
編輯小組　汪素珍、陳怡伶、張皓、韓宛娟
合　　著　國立臺灣海洋大學及天下學習整合傳播部團隊

出版單位　國立臺灣海洋大學
地　　址　基隆市中正區北寧路 2 號
網　　址　http://www.ntou.edu.tw
電　　話　02-2462-2192

企劃製作　天下學習整合傳播部
專案總監　徐慧玲
策劃小組　文仲瑄、李遊婷、郭輝君
採訪整理　王曉晴、林媛玉、陳玉鳳、陳筱君、蕭玉品
文稿編輯　王佩琪
美術設計　周昀叡
攝　　影　李明宜、汪忠信、游忠霖、張家瑋、張界聰、彭柏璋、蔡昇達

出版日期　2023 年 9 月
定　　價　300 元
I S B N　9786269707836
G P N　1011201216

國家圖書館出版品預行編目 (CIP) 資料

乘風躍浪：定錨下一個海洋世代 = Riding the wind and waves ／國立臺灣海洋大學暨天下學習整合傳播部團隊合著 .-- 基隆市：國立臺灣海洋大學，2023.09 ｜ 152 面 ｜ 17x23 公分 ｜
ISBN 978-626-97078-3-6（平裝）
1.CST: 國立臺灣海洋大學

525.833/105　112015470

國立臺灣海洋大學

Chronicle of
National Taiwan Ocean University

大事紀

1953 ~ 2023

臺灣省立海事專科學校

1953~1964

1953 ・臺灣省立海事專科學校成立，設有駕駛科、輪機科、漁撈科等三科。

・第一任戴行悌校長奉令到職視事。

・10 月 19 日第一屆新生入選典禮（以此日為校日慶）。

1956 ・李昌來校長就職。

1957 ・由三年制專科學校改為四年制，並增設水產教育科，畢業生授予副學士學位。

1958 ・增設航運管理科。

1959 ・海事大樓落成典禮（海事大樓甲棟）。

・增設造船工程科。

1960 ・增設河海工程科。

1961 ・工程館完工（為現今食品工程館）。

・為因應改制學院，海大與基隆水產學校協調以易地交換校區，因座落於濱海公路旁，奠立往後校園擴增之基礎。

1962 ・圖書館落成（現今綜合三館）。

1963 ・海事大樓落成（海事大樓自 1959 年至 1963 年先後經六期施工）。

國立臺灣海洋大學

1989~2023

2002 ·航運技術研究所與導航與通訊系系所合一。

2003 ·黃榮鑑博士就職校長。

·圖書館藝文中心成立。

2004 ·增設電機資訊學院。

2005 ·2005 年起連續獲選教育部「獎勵大學教學卓越計畫」重點大學；2006 年起持續獲教育部「5 年 500 億發展國際一流大學及頂尖研究計畫」補助；《海洋學刊》成為國內大學第一個雙（SCI 與 EI）引用之期刊。

·調整本校組織為六個學院，包括海運暨管理學院、生命科學院、海洋科學與資源學院、工學院、電機資訊學院與人文社會科學院，及 28 個系、所、中心。

2006 ·學生活動中心完工。

·李國添博士就職校長。

·養殖系張清風教授榮獲教育部國家講座主持人。

·新增海洋文化研究所、應用英語研究所。

2007 ·「海大」及「校徽圖」取得商標權利。

·養殖系水產品檢驗中心通過國際 ISO/IEC Guide 65：1996 認證，成為全國第一家水產品產銷履歷驗證中心。

·成立海洋文化研究所。

2008 ·成立應用英語研究所。

2009 ·獨木舟環島長征計畫活動，輪機系蘇達貞老師率領 32 名學生進行獨木舟環島同時記錄海洋之美。

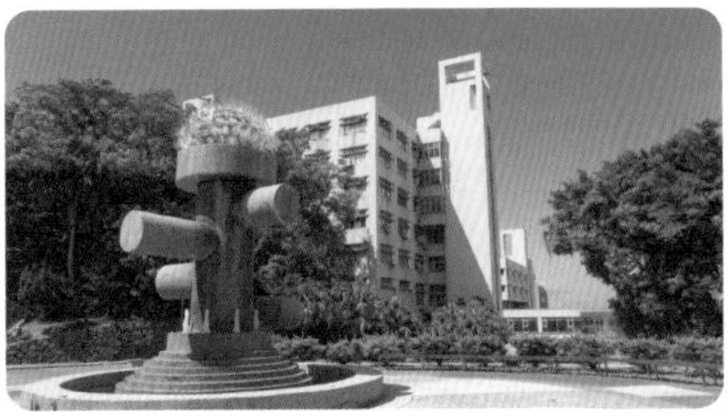

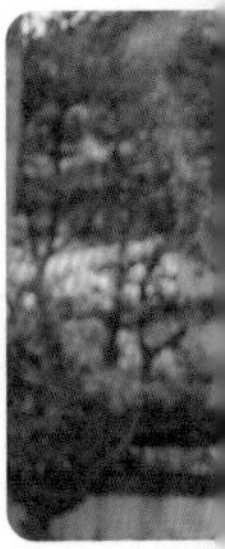

2010

2011

2012

2013